Lydia Davis

楚尘
文化
Chu Chen

北京楚尘文化传媒有限公司 出品

不能与不会

Can't and Won't

［美］莉迪亚·戴维斯 著

吴永熹 译

图书在版编目（CIP）数据

不能与不会 /（美）莉迪亚·戴维斯著；吴永熹译
. -- 2 版 . -- 北京：中信出版社，2024.6
（莉迪亚·戴维斯系列作品）
ISBN 978-7-5217-6403-1

Ⅰ.①不… Ⅱ.①莉… ②吴… Ⅲ.①短篇小说－小说集－美国－现代 Ⅳ.① I712.45

中国国家版本馆 CIP 数据核字 (2024) 第 064968 号

CAN'T AND WON'T
Copyright © 2014 by Lydia Davis
Published in agreement with Denise Shannon Literary Agency,
through The Grayhawk Agency Ltd.
Chinese Simplified translation copyright © 2024 by Chu Chen Books.
All Rights Reserved

不能与不会
著者： ［美］莉迪亚·戴维斯
译者： 吴永熹
出版发行：中信出版集团股份有限公司
（北京市朝阳区东三环北路 27 号嘉铭中心　邮编　100020）
承印者： 河北鹏润印刷有限公司

开本：880mm×1230mm 1/32　　印张：10.625　　字数：200 千字
版次：2024 年 6 月第 2 版　　　　印次：2024 年 6 月第 1 次印刷
京权图字：01-2018-3129　　　　　书号：ISBN 978-7-5217-6403-1
　　　　　　　　　　　　　　　　定价：66.00 元

版权所有·侵权必究
如有印刷、装订问题，本公司负责调换。
服务热线：400-600-8099
投稿邮箱：author@citicpub.com

目录

001　　I

003　　关于被窃萨拉米的故事
004　　狗毛
005　　不断循环的故事
006　　关于一个牌子的想法
008　　布鲁明顿
009　　厨子的一课
010　　在银行
011　　夜里醒着
012　　在银行：2
013　　两个戴维斯和一张地毯
019　　偶然性（vs必然性）
020　　关于短"a"、长"a"和中性元音的小事件
021　　偶然性（vs必然性）2：度假时

022	一个朋友告诉我的故事
024	坏小说
025	你离开以后
028	保镖
029	小孩
030	教堂庭院
031	我姐姐和英女王
033	看牙医
035	给冷冻豌豆厂商的信
037	玉米糊
039	II
041	两个殡仪员
042	我向玛丽问起她的朋友,那个抑郁之人,以及他的假期
043	火车的魔法
044	独自吃鱼
050	不能与不会
051	普歇的太太
052	晚餐

053　狗

054　祖母

055　可怕的女佣们

066　可翻转的故事

068　一个女人，30岁

069　我怎么知道我喜欢什么（六个版本）

071　亨德尔

073　潜意识的力量

075　她的地理学：亚拉巴马

076　葬礼

077　寻找丈夫的人

078　在画廊

079　低悬的太阳

080　着陆

086　电话公司的语言

087　马车夫和蠕虫

089　给营销经理的一封信

091　III

093　最后的莫希干人

094	二年级作业
095	大师
096	尴尬的状况
098	做家务时的观察
099	死刑
100	来自送报童的一张纸条
101	在火车站
102	月亮
103	我的脚步
104	我怎么用最快的速度读完我的TLS过刊
110	和母亲长时间通电话时的笔记
111	男人
112	负面情绪
114	我很舒服，但是我可以更舒服一点
121	判断力
122	椅子
123	我朋友的创造
124	钢琴
125	派对
127	母牛
145	展览

| 148 | 给薄荷糖公司的一封信 |
| 151 | 她的地理知识：伊利诺伊 |

| 153 | IV |

155	厄登·冯·霍瓦特出门散步
156	在火车上
157	吸尘器问题
158	海豹
188	学习中世纪历史
189	我的校友
190	钢琴课
191	大房子里的小学生
193	句子和年轻人
194	莫莉，母猫：历史/发现
197	给基金会的信
230	一个数据性研究的发现
231	改稿：1
232	简短谈话（在机场的起飞休息室里）
233	改稿：2
234	行李寄存

237 等待起飞

238 工业

240 洛杉矶上方的天空

241 一个段落中的两个人物

242 在埃及游泳

243 屋子里事物的语言

250 洗衣妇

251 给酒店经理的一封信

257 她的生日

259 V

261 我童年的朋友

262 他们可怜的狗

264 你好亲爱的

266 不感兴趣

269 老女人，陈鱼

270 在药剂师家里小住

272 歌

273 两个前学生

274 关于一小盒巧克力的一个小故事

279	飞机上坐在我身边的女人
280	写作
281	剧院中错误的"谢谢你"
282	公鸡
284	和我的小朋友坐在一起
285	老兵
287	两个斯莱戈小伙子
288	穿红衣服的女人
289	如果在婚礼上（在动物园）
292	金地里的掘金者
295	那台旧吸尘器一直在她手里坏掉
296	福楼拜与视角
298	家庭购物
299	本地讣闻
309	给美国传记协会会长的一封信
312	南希·布朗会来城里
313	博士学位
315	致谢
323	译后记

I

01

关于被窃萨拉米的故事

我儿子在布鲁克林的意大利房东拥有一间棚屋,位于主屋后面,房东在那里熏制萨拉米香肠。一天晚上,在一连串的小偷小摸事件中,有人闯进了棚屋,偷走了那些萨拉米。第二天,我儿子和房东谈起了这件事,共同感叹起那些消失的香肠。房东很镇定,很豁达,但纠正他说:"它们不是香肠。它们是萨拉米。"后来,城里一家知名杂志报道了这件事,将它当作一件有趣、古怪的都市逸闻。在这篇文章中,记者将这些被窃物称作"香肠"。我儿子将这篇文章拿给他的房东看了,房东之前没有看过。房东很有兴致,很高兴杂志认为那件事值得报道,但他说道:"它们不是香肠。它们是萨拉米。"

02

狗毛

狗走了。我们很想念它。门铃响起时，没有吠声。我们回家晚了，没谁在那里等着我们。我们在家里、在我们的衣服上还能到处发现它的白毛。我们把它们捡了起来。我们应该把它们扔掉的。但那是我们仅剩的和它有关的东西了。我们不愿意把它们扔掉。我们有一个疯狂的愿望——只要我们收集到足够的毛发，我们就能把狗拼凑回来了。

03

不断循环的故事

　　星期三清早,路上总是有喧闹声。它会把我吵醒,我每次都会去思索那是什么声音。每次都是垃圾车来收垃圾。垃圾车每个周三的清早来。它总是会把我吵醒。我总是会思索那是什么声音。

04

关于一个牌子的想法

———————

在乘火车旅行的开始，人们会去找一个好座位，有些人会好好地看一下周围已经选好了座位的人，琢磨他们会不会是好邻座。

如果我们每个人都戴上一块牌子，陈述我们在哪些方面可能会而哪些方面大概不会打扰我们的邻座可能会有帮助，比方说：不会用手机打电话；不会吃气味大的食物。

我的牌子上会写着：不会使用手机，除了也许会在回家路上的最开始简短地和我丈夫交流一下，概括我在城里的出行，或者更罕见地，我会在途中快速地警告一个朋友我会迟到；但在旅途的大部分时间会把我的座椅后背调到最低，吃午饭或吃零食的时候除外；旅途中时不时可能还会稍微调整它，调高或调低；迟早都会吃点什么，通常是三明治，有时候是一份沙拉或是一盒大米布丁，事实上是两盒大米布丁，不过是小盒的；三明治通常是带瑞士奶酪的，不过奶酪其实放得很少，通常只有一片，外加生菜和西红柿，不会有明显的气味，至少我闻不到；吃沙拉时会尽量小心，但用塑料叉子吃沙拉会有点麻烦、有点难；吃大米布丁时会很小心，会小口地吃，但撕掉盒子上的塑料纸时会短暂地发出一声很响的撕拉的声音；或许常常要打开水杯盖子喝水，特别是在吃三明治的时候，大概在一小时后；或许会比有些乘客更好动，旅途中可能会用一小瓶免洗洗手液清洁好几次手，有时候会再用护手霜，这需要我把手伸到包里，拿出一个小洗漱包，拉开拉链，用完以后再把拉链拉上，把小包放回大包里；但也可能只是安安静静地坐着看窗外，一连好几分钟甚至更长时间；可能旅途的大部分时间只是在看书，除了经过走道去上厕所然后再走回座位；不过，在另外一天，可能会把书放下几分钟，从包里拿出一个小笔记本，将外面的橡皮筋取掉，在笔记本里记点什么；又或者，在读一本过期的文学杂志时，可能会撕下几张纸，以便把它们保存下来，虽然会尽量在火车到站时才这么做；最后，在城市里待了一天后，可能会在旅途的部分时间里解开鞋带，脱掉鞋，特别是如果鞋子不是特别舒服的时候，然后我会光着脚踩在鞋子上而不是直接踩在地上，又或者，非常偶尔地，会脱掉鞋子换上拖鞋，如果带了的话，会一直穿着拖鞋直到快要到站的时候；但脚是很干净的，脚趾上还涂了漂亮的深红色指甲油。

05

布鲁明顿

———————

现在我已经在这里待了一阵子了,我可以放心地说,我以前没有来过这里。

06

厨子的一课

————

来自福楼拜的故事

今天我上了很好的一课；我们的厨子是我的老师。她25岁，是法国人。我发现她不知道路易-菲力浦已经不是法国国王，而我们现在有了一个共和国。但他已经退位五年了呀。她说他不再是国王这件事她一点儿也不感兴趣——这是她的原话。

我还自认为是一个智者！和她相比，我简直就是个傻瓜。

07

在银行

我带了一袋零钱去银行,把它们扔进了一个数零钱的机器里。一位柜员让我猜里面有多少钱。我猜有 3.00 美元。我错了。总共有 4.24 美元。但因为我猜得离正确的数额不超过 1.99 美元,我有资格得到一份奖品。银行里我周围的许多人热情地祝贺了我。我可以从好几种奖品中选一个。当我拒绝了第一个和第二个,而且看起来也要拒绝第三个时,紧张的柜员用钥匙打开了一个保险箱,把所有奖品都拿给我看了,其中包括一只大塑料猪存钱罐、一本填色书和蜡笔、一个小小的橡胶球。最后,为了不让她失望,我挑了我以为是最好的东西,一只带提袋的漂亮的飞盘。

梦

08

夜里醒着

我睡不着,在这奇怪的城市里,在这间旅馆房间。时间很晚了,凌晨2点,3点,4点。我是怎么了?哦,也许我是想他了,那个睡在我旁边的人。然后我听见附近一扇门关上了。又一个客人进来了,来得很晚。现在我有答案了。我会走进他的房间,上床,在他的身旁躺下来,然后我就能睡着了。

梦

09

在银行：2

―――――

我又带着一袋零钱去银行了。我又猜那些零钱总共是 3.00 美元。机器点了数。我总共有 4.92 美元。银行柜员又宣布我猜的数与正确数额足够近，有资格得到奖品。我想知道这一次都有哪些奖品选择，但这次只有一个奖品——一把卷尺。我很失望，但是我接受了。至少这次我知道柜员是一个女人了。上一次，我无法肯定她是女人还是男人。但这一次，尽管她还是有点秃头，她的动作却更优雅，笑容更温柔，声音也更尖，而且她胸口别的牌子上写着珍妮特。

梦

10

两个戴维斯和一张地毯

他们都叫戴维斯,但他们并不是夫妻,也没有血缘关系。不过,他们是邻居。他们都是犹豫不决的人,又或者说,他们在某些事上能够很有决断,重要的事,或是跟工作有关的事,但对于小事却会非常犹豫不决,今天定的主意明天会改,一次又一次地改,如果头一天他们是笃定地支持一件事,第二天又会笃定地反对这件事。

在她把她的一张地毯拿出去卖之前,他们都不知道对方是这样的人。

那是一张颜色鲜艳的带花纹的羊毛地毯,颜色是红、白、黑,上面有张扬的钻石型图案和一些黑色条纹。她是在她从前住的镇上附近一家印第安商店买的,但现在她知道它并不是印第安土著的东西。它是放在她不在家住的儿子的房间里的,她对它有点烦了,因为它有点脏,四角还翘了起来,所以她决定在一次群体展卖会上把它卖掉,展卖会是要为一个慈善项目筹钱。然而,当看到它在展卖会上很受欢迎,比她想象的受欢迎得多时,当她定的10美元的价钱被一个评估师提高到了50美元时,她改变了主意,她希望不会有人把它买下来。时间在推移,虽然她身边的人都在给东西降价,她并没有降这张地毯的价,虽然人们还是很欣赏它,但是没有人要买它。

另外那个戴维斯很早就来展卖会了,他马上就被那张地毯吸引了。然而,他犹豫了,因为他觉得图案太张扬了,而且那红色、白色和黑色都相当浓重,他觉得放在他家里可能不会好看,尽管他家的装修是干净、现代的风格。他向她表达了对那张地毯的喜爱,但又说他不确定它放在他家里合不合适,他没有买下它就离开了展卖会。然而,这一天里,在没有其他人把它买走而她也不愿降价时,他却一直在想着它,傍晚,他又为了那张地毯回去了,他想看看它是不是还在那儿,然后再决定他是不是要买下它。然而,展卖会已经结束了,所有商品要么是已经卖出去了,要么是打包起来准备捐出去了,要么是收好带回家了,展卖会会场,也就是教堂办公楼门廊前宽敞的草坪已经变得空荡荡了,在傍晚的阴影下一片平整。

另一个戴维斯有些吃惊和失望,一两天后,在邮局里碰到了这一个戴维斯时,他说他对那张地毯改变了主意,问它有没有被卖掉,当她说没卖掉时,他问她他能不能把地毯带回家,看看是不是好看。

这一个戴维斯马上觉得难为情了，因为她已经决定要把那张地毯留下来、清理干净，把它在家里到处试一下，看看好不好看。但现在，当另一个戴维斯对地毯表现出了这么大的兴趣时，她不再确定她是不是应该那么做了。不管怎么样，她原来是愿意把它卖掉的，而且觉得它只值 10 美元。她问另一个戴维斯她能不能再花几天时间决定她愿不愿意和它告别。另一个戴维斯很理解，同意了，并让她如果决定不想留着地毯的话就告诉他。

她把它在她儿子的房间里放了一阵子，也就是它原来待的地方。她时不时会过去看一看。它看起来还是有点脏，四角还是翘起来的。她还是觉得它有点儿好看，同时又有点儿难看。然后她想到她应该把它移到她每天都能看到的地方，这样她就会更紧迫地需要决定是否应该把它留下来。她知道另一个戴维斯在等着。

她把它放在了一楼和二楼之间的楼梯平台上，她觉得它和墙上挂的画配在一起很好看。但她丈夫觉得它太艳了。她还是把它留在了那儿，每次上下楼时还是会去想着它。有一天，她相当肯定地想着，虽然她觉得地毯挺好看，但另一个戴维斯应该拥有它，或者至少试试看，因为他很喜欢它而且它放在他家里应该会更好看。但第二天，在她还没有将想法付诸实践之前，一个朋友来了她家，并特别称赞了那张地毯：这个朋友以为它是一张新地毯，而且十分漂亮。现在这一个戴维斯又在想她到底应不应该把它卖掉了。

与此同时，时间在流逝，她很担心另一个戴维斯。她觉得他明显很想把它放在家里试试看，而她却自私地把它留在了自己家里，尽管她之前是愿意把它卖掉的——而且只要10美元。她觉得他可能比她更想要拥有它，或是更喜欢它。但她不想放弃她曾经因为喜欢买了下来而且其他人也喜欢的东西，尤其是等她把它清理干净了，她可能又会十分喜欢。

现在她经常会想到那张地毯，她几乎每天都想做一个决定，但几乎每天都会改变主意。她试图用不同的理由来决定她应该怎么做。那是张好地毯——一个专家是这么告诉她的；她买了它因为当初在印第安土著商店里她是喜欢它的，虽然它并不是印第安土著的东西；她的儿子喜欢它，在他偶尔回来住的时候；只要稍做清理，她还是会喜欢它；但另一方面，她从前就没有把它保持得很清洁，以后可能也不会；而另一个戴维斯，从他干净整洁、悉心布置的家里来看，会把它弄干净，好好护理它；她已经准备要把它卖掉了；另一个戴维斯已经准备把它买下来了。另一个戴维斯可能会愿意付那50美元，然后她会把它捐给那个慈善项目。她突然想到，要是她留下地毯，她自己可能也应该掏50美元出来给那个慈善项目，因为她愿意把它卖掉却没有人买——那么她就要花50美元留下某件本来就属于她的东西，除非说当她把它拿到为这个慈善项目办的展卖会上后，它就不再算是她的了。

有一天，一个朋友的儿子给她送了一大箱新鲜蔬菜；那时是盛夏了，他园子里的菜多得都卖不掉了。箱子里的菜对她和她丈夫来说太多了，所以她决定送一些给那些没有菜园的邻居。她送了一些给住在街角的邻居，他是一位职业舞者，最近刚刚带着一只盲眼的狗搬到这里来。从他家出来以后，她拿着剩下的菜到了对街另一个戴维斯和他妻子那里。

现在，他们站在车道上散漫地闲谈，也谈到了那张地毯，她向他们坦白说，她老是很难做决定，不仅仅是对于那张地毯。然后，另一个戴维斯承认他也很难做决定。他妻子说，她丈夫可以先是很坚定地支持一件事，然后改变主意，变得同样坚定地反对这件事，让人很吃惊。她说他喜欢把那些他想要做决定的事说给她听。她说，在一段时间里，她的答案通常依次是："是的，我觉得你是对的""你想怎么办就怎么办""我不在乎"。她说就这件事来说，因为两个戴维斯都是那么犹豫不决，地毯开始有了自己的生命。她说他们应该给它取个名字。两个戴维斯都觉得这是个好主意，但是当时也没有想到什么好名字。

这一个戴维斯现在希望她可以向一个所罗门[1]那样的人求救，请他裁决，因为问题的实质也许不是她是否想要留下那张地毯，而是，总的来说，他们两个人谁更看重它：她觉得要是另一个戴维斯更看重那张地毯，它就应该归他；要是她更看重它，就应该

---

[1] 所罗门：古以色列国王，约公元前970—前931年在位，是一位大智者。——译者注（下同）

由她留着。又或者问题应该用略微不同的方法表述，因为，在某种意义上，它反正是"她的"地毯：也许她只需要决定她是不是比以前更看重它，达到应该把它留下来的程度。但是不行，她又想，如果另一个戴维斯确实比她更喜欢它，他就应该拥有它。她想也许她应该向另一个戴维斯建议让他把它带回家，在家里放一段时间，看看他是很喜欢它，还是仅仅只有一点儿喜欢，或是其实一点儿都不喜欢。要是他喜欢，他就应该把它留下来；要是他不想要，她就应该留着它；要是他只有一点儿喜欢，她就应该留着它。不过，她还是不确定这是不是最好的解决方案。

11

偶然性（vs[1] 必然性）

它可以是我们的狗。
但它不是我们的狗。
所以它对我们叫。

---

[1] vs 是拉丁文 versus 的缩写，意为"相对照，相对立"。

12

关于短"a"、长"a"
和
中性元音的小事件

―――――――

猫,灰色虎斑,安静地,看着一只大黑蚂蚁。男人,动作快,站着盯着看猫和蚂蚁。蚂蚁沿着小路向前走。蚂蚁停下来,困惑着。蚂蚁快速原路返回——径直朝向猫。猫,惊住了,向后退。男人,站着,看着,笑着。蚂蚁又改变了路线。猫,又安静了,又在看着。

13

偶然性（vs必然性）2：度假时

———

他可以是我丈夫。

但他不是我丈夫。

他是她丈夫。

所以在她穿着花海滩裙站在古老的堡垒前时，他是给她拍照（而不是我）。

14

一个朋友告诉我的故事

———

一个朋友那天告诉了我一个关于她邻居的悲伤的故事。他通过一个相亲网站和一个陌生人通起了信。他的这个朋友住在几百英里[1]之外，在北卡罗来纳州。两个男人先是写信，然后交换了照片，很快开始了比较长的交流，先是写信，然后是打电话。他们发现彼此有许多共同的兴趣爱好，性格才识相匹配，和对方交流时感觉很舒服，也被对方的外表所吸引，至少从网上的这些交流来看是这样的。他们的职业也相近，我朋友的邻居是一名会计，他在南方的新朋友在一所小型学院当经济学助理教授。几个月下来，他们好像相处得很好，似乎真心相爱了，我朋友的邻居相信"就是他了"，用他自己的话来说。等他有了一点假期，他计划好要飞到南边待几天，去和他的网恋男友见面。

启程那天，他给他的朋友打了两三次电话，他们聊了。之后他惊讶地发现电话没有人接了。他的朋友也没有去机场接他。等

---

[1] 1英里约为1.61千米。

了一会儿，又打了几次电话后，我朋友的邻居离开了机场，去了他的朋友给他的地址。他敲门和按门铃时没有人应答。他的脑海里闪过了无数的可能性。

　　在这里，有一部分故事是缺失的，但我的朋友告诉我，她的邻居后来知道，就在他南下的当天，当他还在路上时，他的网恋朋友在和自己的医生打电话时犯心脏病死了；从男人的邻居或警察那里听到消息后，旅行者专程去了停尸间；他被允许看一眼他的网恋朋友；所以就是在那里，在和一个死去的男人面对面时，他的目光第一次落到了那个他确信应该是他的终身伴侣的那个人身上。

15

坏小说

———

    我带到路上的这本沉闷、难读的小说——我一直试着把它读进去。我翻开它很多次了,每次都很不情愿,每次都不觉得比上一次好,而现在它好像已经成为一个老朋友了。我的老朋友,这本坏小说。

16

你离开以后

来自福楼拜的故事

你要我告诉你我们分开后我做的所有事情。

好吧,我很伤心;我们相处的时刻是那么美。当我看到你的背影消失在火车车厢里后,我走到桥上,看着你那辆火车从下面经过。我的眼里只有那辆车;你在里面!我尽可能长时间地看着它,并聆听着它的声音。在另一个方向,向着鲁昂那边,天空是红色的并间有宽阔的紫带。当我抵达鲁昂你到达巴黎的时候,天应该早黑透了。我又点了一根雪茄。我来来回回地走了一阵。然后,因为我的身体感到麻木而疲惫,我走进街对面一家咖啡馆喝了一杯樱桃酒。

我的车进站了,前往和你相反的方向。在车厢里,我碰到了一个从前的校友。我们交谈了好一会儿,几乎一直聊到了鲁昂。

我到站后,路易已经在那里等我了,就像我们约好的那样,但我的母亲没有派马车来接我们回家。我们等了一会儿，然后，借着月光，我们走过了桥，然后穿过了码头。在镇子的那片区域有两个地方我们能租到马车。

在第二个地方，租马车的人住在一个旧教堂里。天很黑。我们的敲门声吵醒了出租马车的女人，她戴着睡帽来开了门。想象一下这个场景，在大半夜里，她身后老旧教堂的内景——她因为打瞌睡而大张的下巴，一支燃烧的蜡烛，她身上披着的垂到臀部底下的蕾丝披肩。马需要上马具，当然。马屁股上的皮带坏了，我们在那里等着他们用一根绳子把它修好。

在回家的路上，我告诉路易我在车上碰到的校友，此人也是路易的朋友。我告诉路易我和你在一起的时间是怎么度过的。窗外，月光在河面上闪耀。我记起沿着河边的另一次回家的旅程。我这样向路易描述它：地上有厚厚的积雪。我坐在雪橇上，戴着我的红色羊毛帽，裹在毛皮披风里。那天，在去看一个关于非洲野人的展览的路上，我丢了我的皮靴。所有的窗子都是打开的，我在抽烟斗。河面很黑。树也是黑的。月光反射在雪原之上：它们看起来就像丝绸一样光滑。那些被雪覆盖的房子看起来就像睡着了蜷成一团的小白熊。我想象我自己是在俄罗斯大草原上。我觉得我可以听见一只驯鹿在薄雾中打鼾的声音，我觉得我可以看见一群狼在雪橇后面往上跳。那些狼的眼睛就像道路两旁的煤一样闪闪发亮。

等我们终于到家时,已经是凌晨1点了。我想在睡觉之前整理一下我的书桌。从我书房的窗户向外望去,月光依然在闪耀——在水面上,在拉纤道上,以及,在家附近,在我窗户旁的郁金香树[1]上。当我整理完书桌后,路易回到了他的房间,我回到了我自己的房间。

---

[1] 欧洲人称鹅掌楸为郁金香树,株高叶大,是一种观赏性强的行道树。

17

保镖

———————

我到哪儿他都跟着。他的发色很淡。他年轻而强壮。他的手臂和腿都饱满而结实。他是我的保镖。但他的眼睛从不睁开,而且他从不离开他的扶手椅。他总是深深地陷在椅子里,被从一个地方抬到另一个地方,同样地,也是由他本人的看护人照顾着。

梦

18

小孩

———————

她在她的小孩面前弯腰站着。她没法离开她。小孩被平放在桌子上供人瞻仰。她想再拍一张小孩的照片,也许是最后一张。现实中,小孩从来不会为拍照待着不动。她对她自己说,"我去把照相机拿过来",就好像是在对小孩说,"别动"。

梦

19

教堂庭院

———————

我有教堂庭院的钥匙,我打开了大门。教堂是在市里,围住的地很大。现在大门打开了,很多人走进来坐在草地上晒太阳。

与此同时,街角有几个女孩在给她们的婆婆筹钱,婆婆被叫作"美人"。

我冒犯了两个女人,或是让她们失望了,但我身在一群亲切的人当中,怀抱着耶稣(他活着)。

梦

20

我姐姐和英女王

已经五十年了,挑挑挑念念念。不管我姐姐做什么,在我母亲看来都不够好,我父亲也是一样的态度。为了逃避,她搬到了英国,嫁给了一个英国人,他去世后,她又嫁给了一个英国人,但那还是不够。

后来她获得了大英帝国勋章。我父母飞到了英国,在大厅里看着我姐姐独自走出来,站在英女王身边,还和女王说了话。他们对她刮目相看。我母亲在一封信里对我说,那天受奖的人当中没有人和女王说的话有我姐姐多。我并不吃惊,因为我姐姐一直很会说话,不管在什么场合。但当我后来问我母亲我姐姐当天穿了什么时,她记不清楚了——白手套还有某种帐篷一样的东西,她说。

有四个贵族院的议员在他们的首次演说中提到了我姐姐,因为她为残障人士做了很多事,而且,我母亲说,她对他们就和对普通人一样。她对司机说话时就和对贵族说话时一样,她对贵族说话时就和对残障人士说话时一样。所有人都敬爱她，没有人介意她家里有点乱。我母亲说她家里还是有点乱，我姐姐还是在放任自己的身材走形，她会请太多人来家里做客，她会把黄油整天都放在外面，她告诉了在街角开杂货食品店的那个印度朋友太多她的私事，而且她总是说个不停，但我父母亲现在觉得他们必须保持安静了，因为他们怎么能够再批评她呢，她做了那么多好事，她是如此受人尊敬。

我很为我姐姐骄傲，我为她获奖感到高兴，我也很高兴我父母亲现在终于能安静一阵子，不去管她了，虽然我不觉得这会持续很长时间，我也很抱歉这件事需要英女王才能办到。

21

看牙医

来自福楼拜的故事

上个礼拜我去看了牙医,我以为他会帮我拔牙。但他说最好还是等等,看疼痛是否会消退。

好吧,疼痛并没有消退——我痛苦难当,还发了高烧。所以昨天我去把那颗牙拔了。在去牙医那里的路上,我得经过一个从前执行死刑的旧市场,就在不久之前还是。我记得在我六七岁的时候,有一天从学校放学回家,我穿过刚刚执行过死刑的广场。断头台还在那里。我看见铺路石上流淌着新鲜的血。他们正在把篮子搬走。

昨晚我在想我是怎样在去看牙医的路上来到这个广场,害怕着即将发生在我身上的事,而同样,那些被判了死刑的人曾经是怎样来到这个广场,害怕着即将发生在他们身上的事——虽然对他们来说情况更糟糕。

我睡着后，梦见了那个断头台；奇怪的是，我那住在楼下的小侄女也梦见了一个断头台，虽然我并没有对她说起断头台的事。我在想思绪是不是流动的，并且是向下流动的，在同一所房子里，从一个人流到另一个人。

22

给冷冻豌豆厂商的信

亲爱的冷冻豌豆厂商：

　　我们给你们写信是因为我们觉得你们的冷冻豌豆包装上画的豆子颜色很难看。我们指的是 16 盎司塑料袋装的，上面有三四个豆荚，其中一个是裂开的，豆子滚到了旁边。这些豆子是一种暗淡的黄绿色，更像是豌豆汤而不是新鲜豌豆的颜色，与你们的豆子本身的颜色更是相去甚远，因为它们是一种悦目的亮深绿色。还有，画上的豆子大约是袋子里豆子实际大小的三倍，再加上那种暗沉沉的颜色，看起来就更不吸引人了——它们看上去像是熟过头了，给人感觉口感也是面面的。此外，画上的豆子和包装袋上的字，以及其他装饰的颜色也不协调，因为袋子的颜色是一种刺眼的荧光绿。我们比较了你们以及其他冷冻豌豆厂家的包装，你们的绝对是最难看的。大多数食品厂商都会在包装上把产品呈现得比实际的更好看，所以是带有欺骗性的。而你们所做的却恰恰相反：你们错误地将你们的豆子呈现得比实际的更难看。我们很喜欢你们的豆子，不希望你们的生意受到损失。请重新考虑你们的包装艺术。

谨上

23

玉米糊

今天早上,这碗煮好的热玉米糊上盖着一只透明的盘子,坐在那儿,它让盘子底部结上了几颗凝结物:它,也在用自己小小的方式采取行动。

II

01

两个殡仪员

在法国,一个殡仪员带着尸体沿高速公路北上,在一家路边餐馆停下来想吃点午饭。在那里他遇到了另一个殡仪员,是他认识的一个同事。那人也停下来吃午饭,他是要南下。他们决定坐同一张桌子,一起吃饭。

两个同行的相遇被罗兰·巴特见证了。被带着南下的正是他死去的母亲。他从另一张桌子上看着他们,他和他的姐妹坐在一起。他的母亲,当然,是躺在外面的灵车里的。

02

我向玛丽问起她的朋友，
那个抑郁之人，以及他的假期

有一年，她说：
"他去了恶土[1]。"

第二年，她说：
"他去了黑山。"

---

[1] 恶土（Badlands）和下文的黑山（Black Hills）为美国南达科他州两个相邻的国家森林公园，以荒山怪岩著称。

03

火车的魔法

从背后来看,在我们看着她们背朝我们往火车深处走去,经过开着的厕所门,经过尽头的滑动门,进入火车的另一部分时,这两个女人,穿着紧身黑牛仔裤和松糕鞋,紧身毛衣和牛仔外套时尚地搭配在一起,从她们厚厚的、松松的黑长发,从她们走路的步态,我们能看出她们是接近 20 岁或 20 岁出头。但过了一会儿,当她们从另一边向我们走来,在她们从火车前边某个奇怪又充满魔力的地方回来时,她们仍然步履轻盈,但现在我们能看到她们的脸了,苍白,憔悴,眼下带着紫色的阴影,脸颊松弛,奇怪的痣东一颗西一颗,还有笑纹和鱼尾纹,尽管她们都微微笑着,我们还是能看出,在火车的魔法之下,她们都老了 20 岁。

04

独自吃鱼

———————

吃鱼是我通常会独自做的事。在家我会在只有我一个人时吃鱼，因为它的味道很强。我会一个人吃放了蛋黄酱和生菜的沙丁鱼白面包，我会一个人吃放在黄油黑麦面包上的熏三文鱼，或是加了金枪鱼和凤尾鱼的沙拉，或是罐装三文鱼沙拉的三明治，或有时候是用黄油煎的三文鱼。

在出去吃饭的时候，我通常也会点三文鱼。我点鱼是因为我喜欢鱼，也因为它不是肉，那是我很少吃的；它不是意大利面，那通常会太厚重；它不是蔬菜，那些我就太熟悉了。我会带一本书，虽然桌上的光用来读书总是不够亮，而且我会很难集中精力读书。我会尽量挑一张灯光不错的桌子，然后我会点一杯酒，拿出我的书。我总是希望酒马上就到，在它上来之前我会非常不耐烦。酒到了以后，在我喝了第一口后，我会把书放在盘子边，开始研究菜单，而且我的计划总是要点鱼。

我爱吃鱼，但很多鱼都已经不能吃了，而且现在也变得很难知道哪些鱼可以吃。我钱包里放着一张折叠起来的由奥杜邦协会拟定的单子，上面就哪些鱼应当避开、哪些鱼可以谨慎地吃、哪些鱼可以随便吃给出了建议。在我和其他人一起吃饭时，我不会将这张单子从钱包里拿出来，因为和一个会带着这样的单子并在点菜前将它拿出钱包的人一起吃饭不会很有趣。我索性不用它，虽然通常我能记得的只是我不应该吃养殖三文鱼或野生三文鱼，除了野生阿拉斯加三文鱼，但它从来都不会出现在菜单上。

但一个人时，我会把单子拿出来。没有人，那些附近桌上的人，会想到我正看的是这样的单子。但问题是，餐厅菜单上的鱼大多不是你可以随便吃的鱼。有些鱼显然从来都不能吃，另外一些鱼你可能可以吃，如果它们是从正确的地方以正确的方式被捕捞起来的话。我不会问侍者鱼是怎么被捕捞的，但我经常会问它是从哪里来的。她通常都不知道。这意味着当天晚上没有别人问过她——要么是没有人感兴趣，要么是有些人不感兴趣而有些人已经知道了答案。要是侍者不知道答案，她会去问厨师，然后带着答案回来，但答案通常都不是我想听到的。

我有一次问了一个关于大比目鱼的毫无意义的问题。在侍者走开去问厨师之前，我都没有意识到这个问题是多么没有意义。太平洋的大比目鱼是可以吃的，而大西洋的不可以。尽管我就住在大西洋海岸边，或者说在附近，我还是问她这些鱼是从哪里来的，就好像我已经忘了太平洋有多么远，就好像人们会将这些大比目鱼从遥远的太平洋岸边运到大西洋岸边，仅仅是为了健康的原因或是良好的捕捞习惯。事实是，餐厅那天很忙，所以她忘了问厨师，到她回来的时候，我意识到我不应该点大比目鱼，而是应该改点扇贝。我的单子上说，扇贝既不是需要被避开的，也不是可以随便吃的，而是应该谨慎地吃。我不知道在餐厅的环境里"谨慎"意味着什么，除了也许你应该多问侍者和厨师几个问题。但是既然简单的问题都不能带来好的答案，我不指望更细致的问题能有好的答案了。更何况，我知道这个侍者和厨师没有时间回答更细致的问题。我敢肯定，要是菜单上提供了这些扇贝，侍者和厨师是不会告诉我它们是濒危物种或不干净并建议我不要吃。我点了它并吃了它，这些扇贝很好吃，虽然我有点不舒服，想着它们是不是被以错误的方式采集的或是含有有害物质。

在我一个人吃饭的时候，没有人和我说话，除了吃与喝，我也没有其他事可做，所以我咀嚼食物和啜饮葡萄酒时会有点过分刻意。我总是会想，现在应该再吃一口，或是慢一点，食物就快要没了，这顿饭就快要结束了。我要试图读书，好让我在吃下一口食物与喝下一口酒前多一些时间。但我几乎无法理解纸页上写着什么，因为我每次读得是那么少。我还会因为屋子里的其他人而分心。我喜欢密切地观察那些男侍者和女侍者以及其他顾客，就算他们不是那么有趣。

餐厅菜单上的鱼通常都不在我的单子上。我家附近的一家很好的法国餐厅一天晚上有配香槟酱的大菱鲆，但它不在我的单子上。我可能吃过它，但侍者告诉我它是一种味道很淡的鱼，所以我想它可能不是那么好吃。而且它上面有一层芝士皮。我说我觉得这层芝士皮太厚重了。侍者说它只是薄薄的一层。即便如此，我还是决定不去点它。菜单上还有别的鱼：红鲷鱼，这是我的单子建议我不吃的；大西洋鳕鱼，是一种濒危物种；三文鱼，但并非野生阿拉斯加三文鱼。我放弃了点鱼，转而点了餐厅的特别蔬菜拼盘，上来的是许多不同的小份的蔬菜，其中包括小茴香球茎，以顺时针方式围着一个金棕色的模制土豆饼。这些蔬菜不同的味道出乎意料地令人兴奋，虽然许多都是根茎蔬菜——不仅有胡萝卜和土豆，还有炒萝卜、芜菁，以及欧防风。

餐厅的主人是一对来自法国的夫妇。妻子负责接待客人和照管餐厅服务，丈夫掌厨。那天晚上离开餐馆时，在去停车场的路上，我经过了厨房的窗户。里面的灯光很亮，我停下来向里看。厨师一个人在那里。他穿着白衣服，戴着他的厨师帽，他的身材苗条，动作敏捷，在他的切菜板前弯着腰。就我从远处看到的，他的体形苗条优美，表情高度专注。在我看的时候，他向后微微仰了一下头，往嘴里丢了一点食物，停下来品尝它。一个年轻男人带着一盘东西从左边走进来，放下了盘子，又走了出去。他看起来好像和做菜的事没有关系。厨师又是独自一人了。我之前从没有看过真正的厨师工作，我也从来没有想象过一个厨师会一个人在厨房里工作。我可以长时间地看着他,但我觉得再待下去是不得体的,所以我走开了。

最近一个人独自吃饭时,我选了某家餐馆是因为除此之外我别无选择。我在一个很偏远的乡下,那是唯一开门的餐厅。我以为它不会很好。它的前面有一个吵闹的、人满为患的酒吧。这次我点了一瓶啤酒,然后我开始看菜单。这次的推荐鱼类菜是马林鱼排。我试着去想马林鱼是什么。我已经很久没有想到过马林鱼了。我想象它在空中飞起,背上有一只大鳍,我几乎肯定它在钓鱼者当中很流行,但我想象不出它的味道。它不在我的单子上,但我还是点了它。既然我不知道我是否应该避开它,也有可能是吃了没事的。当然了,就算不是安全的,我有时候还是会去吃我不应该吃的鱼。

当侍者带着鱼出来的时候,她替厨师传了一句话:他在等着看我是不是喜欢它;这是一块这么漂亮的鱼排,他说。我对他的热情刮目相看,在吃的时候我比平时更留意了。我猜厨师有空对这条马林鱼感兴趣,是因为这是一个周一的晚上,而且偌大的餐室里只有另外一张桌子有人,虽然在我吃饭的时候又进来了几个人。连酒吧里都只有两个顾客,两个穿法兰绒格子衬衫的小个子老男人。不过因为电视声音很大以及女调酒师的笑声,酒吧里还是很吵,她也是酒吧的女招待和厨师的太太。

马林鱼是好吃的,但有一点难嚼。当女侍者过来问我喜不喜欢的时候，我没有告诉她它很难嚼。我告诉她它很好吃，而且我喜欢酱汁里的香料微妙的味道。在这顿饭的某个时候，在我缓慢地吃着的时候，这一次没有看书，厨师从远处的厨房里出来了。他是一个肩膀微微向前倾斜的高个子男人。他走向了酒吧，喝了一点酒，同时和他的妻子以及两个老男人说了几句话，然后他走了回去。在推开弹簧门之前，他转过身向我的方向看了一下，我相信他是在好奇是谁在吃着他漂亮的马林鱼排。我回看了他。我是会朝他挥手的，但在我想这样做之前，他已经消失在了门后。

我盘子上的食物，那块马林鱼排和烤土豆与烤蔬菜的分量很大，我吃不了。我把蔬菜差不多都吃了，是嫩炒的西葫芦片，里面还有细红椒丝和香草，我问侍者能否将剩下的打包让我带回家。她有点担心，我只吃了一半的鱼。"但你确实喜欢它？"她问。她很年轻。我觉得她是厨师和酒吧女招待的女儿。我向她保证我喜欢。现在我有点担心了，厨师可能不会相信我真的喜欢这条鱼，虽然我是喜欢的。对此我没法再说什么了，但在我付账单的时候，我告诉侍者我喜欢那些蔬菜。"大部分人都不吃它们。"她就事论事地说。我想到了那种浪费，还有厨师做它们时的耐心，但一次又一次，没有人吃这些蔬菜。至少我吃完了他的蔬菜，他会知道我喜欢它们。但我很抱歉我没有吃完他的马林鱼。我是可以吃完的。

05

不能与不会

———————

我最近被一个写作奖拒绝了,因为他们说,我很懒。他们说我懒的意思是我会用太多缩写,比如:我不会把 can not 与 will not 的完整形式写出来,而是会把它们缩写成 can't 与 won't[1]。

---

1 can't 和 won't 分别意为"不能"和"不会"。

06

普歇的太太

来自福楼拜的故事

明天我会去鲁昂参加一个葬礼。普歇夫人,一个医生的太太,昨天死在了大街上。她当时是坐在马背上的,和她的丈夫同骑一匹马;她中了风,然后从马背上摔了下来。有人曾说我对他人不是很有同情心,但是这一次,我非常伤心。普歇是个好人,虽然完全聋了,天性也不是很开朗。他不替病人看病,却钻研动物学。他的太太是一个漂亮的英国女人,举止大方,而且对他的工作多有助益。她为他画图,帮他读手稿;他们一同出行;她是一位真正的伴侣。他深爱着她,失去她将会对他造成致命的打击。路易就住在他们的对门。他碰巧看到了那辆把她拉回来的马车,看到了她的儿子把她从车里拖出来;她的脸上盖着一块手帕。就在她像那样被抬进家里——脚朝前——时,一个跑腿的男孩来了。他是来送她那天早上订购的一大束花的。哦,莎士比亚!

07

晚 餐

我们请来吃晚餐的朋友已经到了,但我还在床上。我的床就在厨房里。我起来想看看可以给他们做什么。我在冰箱里找到了三四袋汉堡肉,有的用了一些,有的没动过。我觉得我能把这些汉堡肉放在一起做一个肉馅糕。这得花一个小时,但我又想不到别的主意。我回到了床上,准备再想一会儿。

梦

08

狗

我们准备离开这个有大花园和喷泉的地方。透过车窗，我看到我们的狗躺在轮床上，在一个类似棚屋的屋子外的走道上。它背对着我们。它一动不动地躺着。它的脖子上有两朵花，一朵红色的，一朵白色的。我转开了视线又回去看它——我想看它最后一眼。但棚屋外的走道上是空的。就在那一瞬间它消失了：他们把它推走了，就快了这么一秒。

梦

09

祖母

―――――

一个人带着一个大桃子派来到我家。他还带了一些别的人来,其中包括一个老太太,她抱怨了外面的石子,然后还得被费力地抬进屋里。在桌上,她没话找话,对一个男人说她喜欢他的牙。另一个男人一直对她嚷嚷,但她毫不畏惧,而是恶狠狠地看着他。后来,到家时才发现原来在她从碗里吃腰果的时候,她把她的助听器也吃了。尽管她嚼了它将近两个小时,她还是没办法把它嚼成能够吞下去的小粒。临睡前她把它吐到了护工的手里,对他说这颗腰果是坏的。

梦

10

可怕的女佣们

她们是从玻利维亚来的非常死板、倔强的女人。在任何可能的情况下她们都要拒绝、破坏。

她们是和我们转租的房子一起来的。她们很便宜，因为阿德拉智商低。她记性不太好。

一开始，我对她们说：我很高兴你们能留下来，我相信我们会相处得很好。

这是我们会遇到的问题当中的一个。它是一个典型的问题，它刚刚发生。我需要剪一根线但我找不到我的六英寸[1]的剪刀。我去和阿德拉搭话说我找不到剪刀了。她抗议说她没看到它。我和她一起进了厨房并问路易莎能不能帮我剪线。她问我为什么就不能把它咬断。我说要是我咬断它的话我就没法把它穿过针眼了。我请她去找把剪刀帮我把线剪开——现在就去。她让阿德拉

---

[1] 1英寸约为2.54厘米。

去找布罗迪太太的剪刀，我和她一起去了书房，想看看它到底放在哪里了。她把它从一个盒子里拿了出来。我同时看到盒子上拖着一条长长的、不美观的麻绳，所以我对她说既然她有剪刀，干吗不把这个线头剪掉。她叫着说这不可能。她说不定什么时候可能会需要这条绳子来把盒子系起来。我承认我笑了。然后我从她手里拿过剪刀自己把它剪掉了。阿德拉叫了。她母亲从她身后出现了。我又笑了，现在她俩都叫了起来。然后她们安静了下来。

我对她们说过：请你们不要在我们要求吃早餐之前做烤面包。我们不像英国人那样喜欢吃很脆的面包。

我对她们说过：每天早上，当我们摇铃时，请马上把我们的矿泉水送过来。然后，烤面包并同时准备加牛奶的新鲜咖啡。我们喜欢博纳菲德公司的白条纹咖啡或蓝带咖啡。

当路易莎早餐前带着矿泉水进来时，我们的交谈很愉快。但当我提醒她烤面包的时候，她大为光火——我怎么会以为她会让面包冷掉硬掉？但它几乎总是冷的硬的。

我们对她们说过：我们希望你们能一直买卡斯多尔夫的三女孩牌牛奶或德国牛奶。

阿德拉说话的时候一定会叫喊。我曾让她说话时轻柔一点,并且说"Señora[1]",但她从不。她们在厨房里相互说话的时候也很大声。

经常地,在我还没有对阿德拉说完三句话之前,她就对我叫了:Si...si, si, si[2]...!然后离开了房间。老实说,我觉得我无法忍受了。

我对路易莎说:不要打断我!我说:No me interrumpe[3]!

问题不是阿德拉工作不努力。但她带着一条她母亲的口信来到我的房间:她对我说,我要求的这顿饭没法做,而且她来回晃动着手指,尖声叫着。

她们两个,母亲和女儿,都是那么任性、残酷的女人。有时候我觉得她们完全是野蛮人。

我对阿德拉说:如果需要的话,把走廊打扫干净,但每周使用吸尘器不要超过两次。

---

[1] 西班牙语,意为"女士"。
[2] 西班牙语,意为"是"。
[3] 西班牙语,意为"不要打断我"。

上个星期她直截了当地拒绝把吸尘器从进门处的走廊里拿走——就在我们准备接待巴塔哥尼亚教区长的时候。

她们的特权意识和主人意识是那么强。

我对她们说过：先听我要说什么！

我把内衣拿给她们洗。路易莎马上说手洗束胸衣太难了。我不同意，但是我没有争辩。

阿德拉早上拒绝做打扫之外的一切工作。

我对她们说：我们是个小家庭。我们没有孩子。

当我过去询问我交给她们的任务时，我总会看到她们在做自己的事——洗她们的毛衣或是打电话。

衣服总是不能及时熨好。

今天我提醒她们两个我的内衣需要洗好。她们没有回答。最后我不得不自己洗了衬裙。

我对她们说：我们注意到了你们想要进步，特别是你们洗衣服洗得更快了。

我对阿德拉说过：拜托了，不要把泥土和清洁用具留在走廊里。

我要求过她：拜托了，马上把垃圾收好带到焚化炉去。

今天我对阿德拉说我需要她去厨房，但她还是去了她母亲的房间，回来时身穿毛衣出门去了。她是要去买生菜——是为她们买，不是为我们，结果是。

每次吃饭时，她都要尝试逃走。

在今天早上经过餐厅时，像往常一样，我试着友好地和阿德拉说话。在我还没有说两个字之前，她尖刻地反驳说在摆桌子的时候她干不了别的。

就算有客人的时候，阿德拉也会匆忙从厨房跑到客厅大叫道：房间里有你的电话！

就算我要求她说话要轻柔，但她从不。今天她匆忙从厨房跑到客厅说：电话，你的！并指着我。后来她又对我们的一位午餐客人、一位教授这么做了。

我对路易莎说：我想谈谈接下来几天的安排。今天除了一份午餐三明治我什么都不需要，还有水果。但先生想要一杯营养丰富的茶。

明天6点，我们想要营养茶、水煮蛋和三明治，还想在家再吃一顿饭。

我们每天至少想吃一次煮蔬菜。我们喜欢沙拉，但我们也喜欢煮熟的蔬菜。有时候我们一顿饭既想要沙拉也想要煮蔬菜。

午餐我们不一定要吃肉，除了特别的日子。我们非常喜欢煎蛋饼，也许可以放芝士或西红柿。

请在烤土豆出烤箱的时候立刻就把它拿上桌。

在过去的两周里，我们除了水果什么都没有吃。我向路易莎要甜品。她给我拿了一些小法式薄饼和苹果酱。它们还不错，虽然很凉。今天她又给我们吃水果了。

我对她说：路易莎，你不能说我的指示是"多变和不合逻辑的"。

路易莎很情绪化且思维简单。她的情绪变化很快。她很容易觉得受到了侮辱,并激动起来。她的自尊心是那么强。

阿德拉就是狂野而粗暴的,一个脑热的野人。

我对路易莎说:我们的客人佛兰德斯先生从没去过公园。他想在那里待几个小时。你可以帮他做一点带冷肉的三明治让他带去公园吗?这是他在这里待的最后一个星期天了。

终于有一次,她不抗议了。

在摆桌时,阿德拉放每一样东西时都是"砰"的一声。

我对路易莎说:拜托了,我想要阿德拉擦一下烛台。今天晚上我们想把它们摆在桌上。

我在餐厅里摇了铃,厨房里传来一声巨响。

我对她们说过:在我们喝鸡尾酒和吃晚餐时,厨房里不应该这么吵。但她们又打起来吵起来了。

要是我们吃饭的时候想要什么东西,阿德拉会从厨房里出来说:没有。

一切都让人那么紧张。我只要尝试和她说一次话就会觉得精疲力竭。

路易莎,我说,我想确保我们是理解对方的。你不能在我们吃饭的时候在厨房里开收音机。厨房里还经常有叫喊声。我们希望家里安宁一些。

我们不相信她们是真心想让我们高兴的。

阿德拉有时候会把铃从餐桌上拿走然后不放回来。然后我吃饭时就无法摇铃,只能大声从餐厅向厨房喊,或是直接放弃我需要的,或是自己把铃找来以便摇响它。我的问题是:她是故意把铃从餐桌上拿走的吗?

我提前指示她们:这次派对我们需要西红柿汁、橙汁和可口可乐。

我对她说:阿德拉,你是负责应门和帮客人放大衣的人。要是女士们问起的话,你要告诉她们厕所在哪里。

我问路易莎:你知道怎么做玻利维亚式肉馅卷饼吗?

我们希望她们两个任何时候都穿制服。

我对阿德拉说：拜托，我希望你经常带着刚做好的小食在客人中间走动。

当餐盘看起来不那么吸引人的时候，请把它们拿回厨房，并做一些新的。

我对她说：阿德拉，我希望桌子上永远都有干净的杯子，还有冰块和汽水。

我对她说过：毛巾要放在坐浴盆上面的架子上。

我对她说：我们有足够的花瓶吗？你能把它们拿给我看看吗？我想买一些花。

这里是这无言的战争的一些细节：我看到阿德拉任由一条长绳躺在床边的地板上。她拿着垃圾桶出去了。我不知道她是不是在捉弄我。她是觉得我太弱了或太不注意了，不会让她把它捡起来吗？但她感冒了，而且她也不是很聪明，要是她真的没有注意到这条绳子，我也不想小题大做。我最终决定自己捡起这条绳子。

我们会受到她们粗鲁残忍的报复。

我丈夫的衬衫领口掉了一粒扣子。我把衬衫拿给阿德拉。她摇动手指说不。她说布罗迪太太总是会把衣服拿给裁缝补。

就算只是一粒扣子吗？我问。家里没有扣子吗？

她说家里没有扣子。

我对路易莎说，她们星期天可以出门，就算是早餐前。她对我叫道，她们不想出门，她问我，她们要去哪？

我说她们可以出门，但如果她们没有出门，我们会期待她们的服务，就算只是简单的服务。她说她会的，但是在早上，而不是下午。她说，她的两个大些的女儿总会在星期天来看她。

我用了整个早上给路易莎写了一封长信，但我决定不把它给她。

在信里我对她说：我一生中雇用过很多女佣。

我对她说，我相信我是一个体谅、慷慨、公平的雇主。

我对她说，如果她接受现实，我相信一切都会好起来。

只要她们能真正地改变态度，我们会愿意帮助她们。比如说，我们会付钱给阿德拉的牙矫形。她的牙让她那么羞耻。

但到目前为止，她们的态度并没有真正改变。

我们还觉得厨房后面偷偷住着她们的亲戚。

我学了并在练习一句我想对路易莎说的话,尽管它也许比我想要说的听上去更乐观:Con el correr del tiempo, todo se solucionará[1].

但她们会给我们那样阴暗的、印第安式的眼神!

---

[1] 西班牙语,意为"时间会解决一切"。

11

可翻转的故事

必要的开支

*

隔壁一辆混凝土搅拌机来了又走了。查瑞先生和查瑞太太在装修他们的酒窖。要是他们将酒窖改造完毕,他们的火灾保险费就会降低。目前,他们的火灾保险太贵了。这么做的原因是他们拥有几千瓶上好的葡萄酒。他们有很好的酒和一些好画,但是他们对于衣服和家具的品位却完全是中下阶级的。

开支的必要

*

查瑞夫妇对于衣服和家具的品位很差,完全是中下阶级的。不过,他们的确拥有一些好画,许多是加拿大和美国当代画家的作品。他们还有一些上好的葡萄酒。因为这一点,他们的火灾保险很贵。但如果他们扩大和改进他们的酒窖，火灾保险费就会降低。他们这么做了：一辆混凝土搅拌机来了他们家，又开走了。他们家在隔壁。

12

一个女人，30 岁

———————

一个女人，30 岁了，但她不想离开从小长大的家。

我为什么要离开家？他们是我的父母。他们爱我。我为什么要嫁给一个会和我吵架、对我凶的男人？

不过，这个女人还是喜欢在窗户前换衣服。她希望至少有男人会看她。

13

我怎么知道我喜欢什么(六个版本)

她喜欢它。她和我很像。所以,我可能会喜欢它。

她和我很像。她喜欢我喜欢的东西。她喜欢这个。所以我可能也会喜欢。

我喜欢它。我把它拿给她看了。她也喜欢。她和我很像。所以,我可能真的很喜欢它。

我觉得我喜欢它。我把它拿给她看了。她喜欢它。她和我很像。所以,我可能真的很喜欢它。

我觉得我喜欢它。我把它拿给她看了。(她和我很像。她喜欢我喜欢的东西。)她喜欢它。所以我可能真的很喜欢它。

我喜欢它。我把它拿给她看了。她也喜欢。(她说另外那个就是"很糟糕"。)她和我很像。她喜欢我喜欢的东西。所以我可能真的很喜欢它。

14

亨德尔

　　我的婚姻中有一个问题,我就是做不到像我丈夫那样喜欢乔治·弗里德里希·亨德尔。这是我们之间一个真正的障碍。举例说,我很羡慕我们认识的一对夫妇,他们俩都太爱亨德尔了,他们有时会飞到得克萨斯州那么远的地方,只是为了听某位男高音唱他的某出歌剧。现在,他们还把我们的另一个朋友也变成了亨德尔的乐迷。我很吃惊,因为我上次和她聊音乐时,她喜欢的还是汉克·威廉斯[1]。今年,他们三人一起坐火车去了华盛顿特区,去听《尤利乌斯·恺撒在埃及》。我偏爱的是19世纪的作曲家,特别是德沃夏克。但我其实对所有类型的音乐都持开放态度,而且通常只要我听什么听了足够久,我就会喜欢上它。只要我不阻止,我丈夫每晚都会放亨德尔的一些歌曲,但即便这样我还是没有喜欢上他。幸运的是,我刚刚发现离这儿不太远的地方有一个心理医生,在马萨诸塞州的莱诺克斯,

---

[1] 汉克·威廉斯(Hank Williams,1923—1953):美国歌手,词曲创作人。

她的专长是亨德尔治疗,我准备去她那里试一试。(我丈夫不相信心理治疗,而且我知道他不会跟我去做德沃夏克治疗,就算有的话。)

15

潜意识的力量

瑞亚来这里过夜，我们在谈论生日。我问她她的生日是什么时候。她告诉我是 4 月 13 日，但是她生日时从未收到过卡片和礼物，这也是因为她不想被提醒这一点。我评论说有一个人从不会让任何人忘记她的生日，这个人是我们共同的朋友埃莉。

埃莉住得很远，在另一个国家，在那里她更难向别人提醒她的生日了。然后我想，怎么想起这个来了，因为现在是 10 月啊：这是埃莉的生日月份啊！我想不起是 10 月的哪一天了，于是我就去翻看了我的地址簿，我是把它写在上面的。我发现它刚好就是这一天，10 月 23 日。我告诉了瑞亚这件事，我们惊叹我们就在埃莉生日的这一天谈起了埃莉的生日。瑞亚说我一定是一直就知道这一点的，在潜意识里。

我没告诉瑞亚我是怎么想起生日这件事的：是在我把餐布放在晚餐餐桌上时，我想起了一个她从前告诉我的故事，她说在很久之前曾经请一帮很难取悦的朋友吃饭，这是因为他们对于食物和酒还有餐桌服务的标准很高；而瑞亚，在那些日子里通常是不在意像餐桌布置这样的事情的，但她却很容易在像这些朋友这样的人面前觉得难堪，她先是发现家里没有餐布，然后发现也没有纸餐巾，然后发现连纸巾都没有；然后，饭吃了几分钟后，一位客人礼貌地问她要一块餐巾；然后瑞亚解释了她的问题，另一位客人建议使用厕纸；我想起瑞亚很不好意思，因为客人们这顿饭用的确实是厕纸；于是我受到触动，在瑞亚的下一个生日送了她一套餐布，好让她以后再也不要陷入那样的处境。但也有可能如果我不是想到了，下意识地想到了，今天是埃莉的生日，我可能就不会想起瑞亚的故事。

后来，在瑞亚上床之后，当我在洗晚餐最后的碗碟时，我想到了这次谈话，并带着些许满意感对自己说，好吧，今年埃莉可没能提醒我她的生日，因为她离得太远了。然后我意识到因为她从来不让任何人忘记她的生日，也因为我对这一点太了解了，所以不是我在潜意识里知道今天是她的生日，就像瑞亚和我讨论过的那样，而最终是埃莉成功地提醒了我，虽然不像平常那样直接，而且同时，以她惯有的效率，她也提醒了瑞亚。

16

她的地理学：亚拉巴马

有那么一会儿，她想，亚拉巴马是佐治亚[1]的一个城市：叫作佐治亚的亚拉巴马。

---

1 亚拉巴马和佐治亚均为美国州名。

17

葬礼

来自福楼拜的故事

昨天我去参加了普歇太太的葬礼。我看着可怜的普歇站在那儿，弯着身子，因为悲伤像风中的一根干草一样摇摆，而我身边的几个男人开始谈论他们的果园：他们正在比较果树苗的粗细。然后我旁边的一个男人开始问我关于中东的事情。他想知道埃及是否也有博物馆。他问我："那儿的公共图书馆是什么情况？"站在墓穴旁边的牧师说的是法语，而不是拉丁语，因为葬礼是新教式的。站在我旁边的一位先生对此表示赞赏，然后说了一些关于天主教的轻蔑的话。与此同时，可怜的普歇先生绝望无助地站在我们面前。

我们这些作家可能会以为我们编造了太多东西——但是现实每一次都要更糟糕！

18

寻找丈夫的人

　　一群女人试图登上一座岛,在部落的年轻美貌的男子中寻找丈夫。她们就像棉球或野生植物的种子那样漂洋过海,当被拒绝时,她们又像一片毛茸茸的白色的东西那样堆积着漂在海上。

梦

19

在画廊

我认识的一个女人,一位视觉艺术家,在为一个展览布置她的作品。她的作品是一行粘贴在墙上的文字,前面悬挂着一块透明的幕布。

她站在一架梯子上,下不来。她是面朝外的,而不是朝里。下面的人叫她转身,但是她不知道要怎么转。

等我再见到她时,她已经从梯子上下来了。她从一个人面前走到另一个人面前,请求他们帮她挂她的作品。但是没有人愿意帮她。他们说她是一个过于麻烦的女人。

梦

20

低悬的太阳

我是一个女大学生。我告诉另一个年轻的女大学生,一位舞者,说太阳现在在空中位置很低。它的光芒一定会充斥着海边的洞穴。

梦

21

着 陆

不久前,就在我如此害怕死亡的这些日子,我在一架飞机上有了这样一次奇怪的遭遇。

我在去往芝加哥开会的路上。事故发生在我们即将抵达机场的时候。这是我总是很害怕的时刻。每次坐飞机,我都会试图与世界和解,并试图获得对自己人生的一些终极见解。飞行中我总会这么做两次,一次在起飞前,一次在着陆之前。但在这些飞行中,还没有发生过比遭遇普通的气流更恶劣的事——虽然,当开始穿过这些气流时,我当然不知道它确实不过是普通的气流。

这一次机翼出现了一点问题。有一些支板打不开,它们是飞机即将上跑道时用来降低速度的,所以现在飞机将会以非常快的速度着陆。存在这样一种危险,当飞机着陆时,因为滑行速度太快,一个轮胎可能会爆,所以飞机会转起来并且撞毁,或者轮子会撞坏,所以飞机机肚会擦地并导致着火。

乘务员的公告吓坏了我。这种恐惧是非常生理性的,就好像一道冰冷的闪电沿着我的脊柱往下爬。因为这个公告，一切都变了：我们所有人都可能会在下一个小时里死去。我看了看坐在我旁边的女人，为了寻找安慰或是为了在恐惧中有某种陪伴，但她的眼睛是闭着的，她的脸转向了窗户。我看了看其他乘客，但每个人都似乎沉浸在对飞行员所说的话的理解中。我也是，我闭上了眼睛，抓紧了座椅的扶手。

时间过去了一些，从乘务员那里得到了一点说明，大致说了我们会在机场上空盘旋多长时间。乘务员很冷静。在他说话的时候，我一直盯着他的脸看。就是这时我体会到了一件我存起备用的事，以备以后乘坐飞机时使用，如果还有其他飞行的话：如果我感到担心，我应该看着男乘务员或女乘务员的脸，试图从他或她表情中找到我是否应该担心的线索。这位乘务员的脸是平静而放松的。他补充说，这次事故并不是很恶劣。我的目光和走道对面一个60多岁的乘客交接了，他也很平静。他告诉我自从1981年以来他一共飞了九百万英里，并且经历了好几次紧急状况。他并没有接着描述这些状况。

但现在乘务员在做的事只是加剧了我的恐惧：他还是平静的，但那也许是一种宿命的平静，我现在想到，是从他漫长的训练和经验中而来的宿命感，或仅仅是对于终结的接受，他向坐在第一排的人逐条指示他们每个人应该怎么做，万一他本人丧失了能力的话。看着他指示他们，在我眼中他们从仅仅是乘客提升到了他的助手或副手的位置，而在我眼中，他已经被削减到了一种无助状态，已经死了或是瘫痪了。那致命的撞击已经在迫近了，即便仅仅是在我的想象中。在那一刻，我意识到男乘务员和女乘务员的任何一个超出常规的举动都会吓到我。

我们的生命可能快要终结了。这要求你立刻和关于死亡的想法和解，它要求你立刻去决定怎样才是离开这个世界的最好的方式。我在这个地球上，在这一生里最后的想法应该是什么呢？这不是一个寻求慰藉而是一个寻求接受的问题，寻求一种相信此刻就死去也没关系的方式。一开始我对某些和我很亲密的人说了再见。然后我还需要一个更大的想法，对于这最后的结尾，而我找到的最好的想法是认为我在这个浩瀚的宇宙中是非常渺小的。我需要去想象这浩瀚的宇宙，所有那些星系，并记住我是多么渺小，那么如果我现在就死去的话就是没关系的。随时都有事物在死去，我们的文明会消失，所以我现在就死去是没关系的。

在我思考着这个宏大的想法时，我的眼睛又是闭着的，我双手交握直到它们都湿了，我用脚紧紧地抵着我前面的座位。假如发生致命的撞击，我用脚抵着座位是没有用处的。但我必须尽我可能做出一点小小的行动，我必须施展我小小的控制力。在我的恐惧中，我还是发现，我认为在这种失控的状况中我需要施展控制是有趣的。然后我完全放弃了行动，并又发现了一件在我身上发生的事很有趣——我发现只要我觉得我还需要采取一点行动，我就会很累，而当我放弃一切责任并停止去做一切事情的时候，我变得相对平静了，就算地面在我们身下那么远的地方旋转，而我们在那么高的高空坐在一架无法降落的发生故障的飞机里。

飞机盘旋了很长时间。要么是后来，要么是当时，我得知就在我们在天上盘旋的时候，地面上正在为一次紧急降落做准备。清空了一条最长的跑道，因为飞机会以高速降落，所以它降速的时候需要跑很长一段路。一些救火车开了出来，停在了跑道旁。以这么快的速度降落会发生好几种可能。机轮可能会被撞坏撞毁，那么飞机就会以机腹着地滑行。滑行时的摩擦力可能会导致起火，又或者飞机的速度会让它向前翻转，在机鼻处撞毁。要是飞机以机腹着地滑行，或是起了火，飞行员可能会失去对方向盘的控制，飞机会偏离跑道撞毁。

最后长跑道清空出来了，而且救火车也到位了，飞行员开始降落了。我们这些乘客在他降落的时候无法察觉到任何不寻常的地方，但当落地的时刻来临时，我们变得越来越紧张了：不像之前，可能的灾难是在不远的将来而我们还是毫发无损的，但现在它已经迫在眉睫了。

在正常降落时，飞机着地的角度会很陡，大概是30度，而且在它和地面接触时会稍微撞击颠动一下。因为我们的速度很快，我们无法安全地那么做，所以飞行员在向跑道上着陆时几乎一直是转着很大的圈子下降的，飞机离跑道是那么近，以致它和地面之间几乎是没有角度的。为了能拥有整段跑道用来降速,他在经过了跑道的一端后就立刻着陆了,机轮和柏油路接触时是那么轻柔,我们几乎都没有感觉到:这次降落比我体验过的任何一次都要舒适。然后他缓慢地将速度降了下来,直到我们开始以一种正常的速度滑行。他完成了一次漂亮的降落,我们安全了。

现在,当然,所有乘客都在拍手欢呼,带着解脱的心情,同时他们彼此看着,带着某种敬畏盯着窗外那些已经不被需要的救火车。在欢呼逐渐消退时,机舱里说笑的声音变大了。走道那边的男人告诉了我他的别的濒死体验,比如他有一次坐飞机时机上起了火。我们从乘务员那里得知,在降落后他也开始变得更多话了,飞行员在受训时会做很多像这样的着陆练习。如果我们早一点知道这件事可能会有帮助,也可能不会。

那天吃晚餐时我在想着这次着陆,在我的酒店里那个有序的、热闹的底层餐厅里。我看着我的盘子里一只非常小的煎蛋的脸,一只鹌鹑蛋,我突然想到如果结局是不同的,这只蛋在这一刻还是会看着某个人,但是别的某个人,不是我。这只蛋还看着一只不同的叉子,或者甚至是同样的一只叉子,但被一只不同的手握着。我的手会在别的地方,也许是芝加哥的一间停尸房。

我也在写下我能记住的关于这次着陆的事,当我的晚餐正在冷却的时候。看着我的盘子时,侍者好像说了一句"您的笔比您的叉子动得更快"这样的话,作为补充,然后他又说,"这是应该的"。因为这个,我比之前更喜欢他了。我之前不太喜欢他,因为他油腻的头发和他过分热情的笑话。

与此同时,在背景声里,在酒店的接待处,一位纤瘦、谨慎、灰胡子的英国人被前台职员问道:"您叫什么名字?"他回答:"莫里斯。M,o,r,r,i,s。"

22

电话公司的语言

―――――

"您最近报告的问题
已经运转良好了。"

23

马车夫和蠕虫

来自福楼拜的故事

我们从前的一个仆人,一个可怜的家伙,现在是一名出租马车车夫——你可能还记得他是怎样娶了一个门房的女儿,就在这个门房获了一个负有声望的大奖时,他的妻子却因偷窃被判了劳役刑,但事实上,那个门房才是窃贼。不管怎样,这个不幸的男人托莱,我们从前的仆从,体内有一条绦虫,或者说他认为他的体内有绦虫。他谈论这条绦虫就好像它是一个能与他交流并会告诉自己它想要什么的活人,当托莱和你说话时,"他"这个词往往指的是他体内的那个生物。有时候托莱产生了一个迫切的欲望,但却会将它算到那条绦虫头上:"他想要",他说——于是托莱立即服从。最近他想要吃新鲜的白面包卷;还有一次,他必须要喝一点白葡萄酒,但是第二天他对人们没给他红酒表示愤怒。

在他自己的眼中,那个可怜的男人现在已经把自己降低到了绦虫同样的位置；他们是对手，正在开展一场争取主导权的激烈斗争。最近他对我的弟媳说："那畜生和我过不去；这是一场意志的斗争，你明白吗；他要强迫我做他喜欢的事。但我会报复的。我们两个中只有一个会活下来。"好吧，这个男人是活下来的那个，但活不了太久，因为，为了杀死那蠕虫并且摆脱它，他最近吞下了一瓶硫酸盐，此刻他正在死去。我不知道你是否能明白这个故事真正的深意。

多么奇怪的东西啊——人类的大脑！

24

给营销经理的一封信

亲爱的哈佛书店营销经理：

我最近给你们书店打电话询问下面我会解释的事，我被告知您是我应该联系的人。我的问题是关于你们2002年一月刊里一个不幸的事实错误的。

在这一期的封底上，我很惊讶地看到我最近出版的书出现在了一个名叫"聚光灯：麦克莱恩病友"的专栏里。好吧，我知道麦克莱恩有一份显赫的病人名单，而且它是这个国家这类机构中最权威的之一，但我只进入过它的院墙里面一次，而且是作为一名访客。我进去看了一下我高中时期认识的一个朋友，而且在里面大概只和他一起待了尴尬的一小时，因为我们的交流非常困难。

要是我完全诚实的话——假如这一点是这种误会的来源——我们家的某个人确实曾被关在麦克莱恩。那是我的曾祖父，他的姓和我的一样，他曾是这个机构的病人，但那是上世纪早期的事了，而且他并不是一个受到严重困扰的人，至少从我父亲告诉我的和我拥有的一些信件和其他文件来看是如此。他显然只不过是总体来说有些不安，对他工作的地方不感兴趣，偶尔会为一些不理性的计划激动，对他的家庭生活不满，而且明显受到了他妻子喜欢苛求与限制他人的倾向的压迫。虽然他确实从机构逃跑过一次并被强制送了回去，但几个月后他就被判定已经康复，并出了院。他之后过上了一种宁静的，虽然是相当孤独的生活，远离他的家人，身边只有一个男仆，在马萨诸塞州的哈里奇。

我提供这个信息是觉得它也许有用，虽然我想不到你们为什么会把我和他弄混。然而，就你们错误的身份认定我也想不到其他解释，除非你们的顾客是从我的书的内容、书名以及我承认我那张眼睛睁得有点大的照片来推断我曾是麦克莱恩的一位住院者的。

一个人的书能得到一些关注总是好的，但以这种方式被错认还是令人难堪的。请您对此做出一些解释好吗？

谨上

III

01

最后的莫希干人

我们和我们的老母亲一起坐在养老院里。

"我当然因为你们这些孩子觉得孤单。但这并不像是在一个陌生的地方,一个你一个人也不认识的地方。"

她笑着,试着安抚我们。"这里有不少从老威利来的人。"

她又说:"当然了,很多人都不能说话了。"她停了一会儿,又说:"很多人也看不见了。"

她透过厚厚的镜片看着我们。我们知道她除了光线和阴影什么也看不见。

"我就是最后的莫希干人——就像他们所说的。"

02

二年级作业

给这些鱼涂上颜色。
把它们剪下来。
在每条鱼上面打一个洞。
往所有洞里穿一条丝带。
将这些鱼系在一起。

现在来读这些鱼上写的东西:
耶稣是一个朋友。
耶稣召集朋友。
我是耶稣的一个朋友。

03

大 师

———

"你想当一名大师,"他说,"不过,你不是大师。"

这让我降了一个等级。

看来我还有很多要学的。

04

尴尬的状况

　　一位年轻的作家雇用了一位更年长、更有经验的作家来改进自己的作品。不过,他拒绝付她钱。事实上,他让她处在了一种近乎囚禁的状态里,在他自己的产业上。尽管他年迈体弱的母亲仿佛不愿意看他般转过身去时,会以虚弱的语气劝他付掉欠她的钱,但他还是不付。相反,他向她伸直手臂,握着拳,她在他的拳头底下张开手掌,就好像要接受什么。然后他张开了手,里面是空的。他这么做是出于报复,她知道,因为他和她曾经可以说有过恋爱关系,而她对他没有她应该做到的那么好。她对他有时候有些无礼,她贬低他,在他人面前和私下里都会。她一遍又一遍试着去想,在那时,那么久之前,她对他有没有像他现在对她这样残酷。让情况变得更加复杂的是还有一个人和她一起住在这里,并依靠她生活,他是她的前夫。他和她不一样,和她苦涩的从前的爱人也不一样,他是快乐而自信的,他不知道她没有得到酬劳,直到她告诉了他。不过,就算在那时,在停顿片刻吸收了这个消息以后,他还是快乐而自信的,也许部分是因为他不相信她,部分是因为他分了心,因为他开始了一个自己的写作项目。他邀请她和他一起写。她是感兴趣并愿意去做的,直到她看到项目之前。她这时发现,对于她来说不幸的是,这其中又牵扯到了另一个人的写作。她不喜欢这种写作方式,或是里面的人物,又或者说她认为的一种坏影响,另外那个人的影响,而她不想和她有什么关系。但在她能告诉他这个之前,或更好的是,向他隐藏这一点但仍然拒绝在这个写作项目上合作,这时她又想到了另一个问题。她想着,在这一切发生的时候,在一段长得令人吃惊的时间,也许是几周过去之后,她自己的丈夫在哪里呢。他对她总是能提供很多帮助,但他为什么不来帮她从这么尴尬的状况中解脱出来呢?

05

做家务时的观察

在所有这些灰尘下
地板真是非常干净的。

06

死 刑

来自福楼拜的故事

这是另外一个关于我们的同情心的故事。在离我们这儿不远的一个村子里,一个年轻人杀死了一位银行家和他的妻子,然后强奸了他们的女仆并且喝光了酒窖里所有的酒。他受到了审判,罪名成立并被判了死刑,然后被处死了。好吧,人们对看这家伙被送上断头台斩首的兴趣如此之大,以至于前一天晚上就纷纷从各地的乡下赶来了——有一万多人。围观的人如此之多,以致附近的面包店都卖断了货。而且,由于旅馆都住满了,人们住在了街上:为了看这个男人死,他们睡在了雪地里。

而我们在听到关于罗马角斗士的事情时会大摇其头。哦,冒牌货!

07

来自送报童的一张纸条

———————

她想让她丈夫去看狗和猫伸长四肢友爱地一起侧身躺在地板上的样子。他马上就觉得她很烦，因为他想集中精神做他在做的事。

既然他不和她说话，她就开始跟猫和狗说话了。他又叫她安静——他无法集中精神。

他在做的是写一张给送报童的纸条。他在写一张回应他收到的来自送报童的纸条的纸条。

送报童说他在清早的黑暗中走过他们的院子时，他"碰到了好几只动物"——"比如说臭鼬"。他宣布从今以后，他更希望把报纸丢在院子外面，"在后院的大门口"。

现在，作为回应，她的丈夫在写纸条给送报童说，不行，他们希望报纸像往常一样被放在后门廊，如果他不能做到，他们就会停止订报。

事实上，依照送报童纸条里的法语结构，是那些动物不仅在穿过院子，而且在送报纸。

08

在火车站

火车站非常拥挤。人们同时朝着不同方向走,不过也有一些人站着不动。一个剃了光头、穿着酒红色长袍的藏传佛教僧人站在人群中,看起来有点担心。我在原地站着,看着他。在我要搭的火车离开前我还有不少时间,因为我刚刚错过了一班火车。僧人看到我在看他。他走向我,对我说他在找三号站台。我知道站台的位置。我带他去了。

梦

09

月亮

———————

我夜里从床上起来了。我的房间很大，很暗，除了地上的那条白狗。我离开了房间。走廊很宽很长，充斥着一种像是水下的光。我走到了洗手间的走道，看到那里充满了亮光。天上高挂着一轮满月，在头顶上。它的光透过窗户直照到马桶上，就好像是被乐于助人的上帝送来的。

然后我回到了床上。我在那里醒着躺了一会儿。房间里比之前亮了一些。月亮来到了房子的这一边，我想。但是不对啊，现在已经是黎明了。

梦

10

我的脚步

我从背后看到了我自己,在走路。我的每一步旁边都会有光线和阴影的圆圈。我知道我每一步都会比之前走得更远更快,所以我当然想要往前跳或是跑起来。但我被告知,如果我想要获得完全的力量和步伐的话,我每一步都需要停下来,在下一步开始之前,让我的脚在地上休息一会儿。

梦

11

我怎么用最快的速度
读完我的 TLS[1] 过刊

我不想读杰瑞·刘易斯[2]的人生故事。

我想读关于哺乳类食肉动物的东西。

我不想读关于一个阉人歌手的特稿。

我不想读这首诗:
("……所以我站在 / 电解质中间,在水的边缘……")

我想读关于印加奇普编织物的历史。

我不想读:

1　TLS：*The Times Literary Supplement*（《泰晤士文学增刊》），英国著名大众化文学、评论期刊。
2　杰瑞·刘易斯（Jerry Lewis，1926—2017）：美国喜剧演员。

中国大熊猫的历史

关于莎士比亚作品中的女性的词典

想读：

关于潮虫

大黄蜂的故事

不想读关于罗纳德·里根的东西。

不想读这首诗：

("坐在巴士上 / 生着气有什么意义呢？")

想读关于音乐剧《太平洋》的创作的故事。

("这份研究将会对尚未被充分书写的百老汇音乐剧的历史做出巨大贡献。")

不感兴趣：

《加拿大军事史牛津指南》

不感兴趣（至少在今天）：

希特勒

伦敦戏剧剧目

感兴趣：

撒谎的心理学

安妮·卡森[1]写她兄弟的死亡

普鲁斯特欣赏的法国作家

卡图卢斯[2]的诗

塞尔维亚语作品的翻译

不感兴趣：

自由女神像的建造

感兴趣：

啤酒

第二次世界大战之后的东普鲁士

亲犹主义

不感兴趣：

坎特伯雷大主教

---

1 安妮·卡森（Anne Carson，1950—　）：加拿大诗人、散文家、古典学教授。
2 卡图卢斯（Catullus，约公元前87—约前54）：古罗马诗人。

对这首诗不感兴趣：

("光从草叶上反射出来 / 照在肉体的沙丘上……")

不感兴趣：

《英葡条约》

纹章豹子

感兴趣：

博尔赫斯的讲稿

雷蒙·格诺的《风格练习》

书衣在文献学历史中的作用

("第一次，书衣获得了它应有的地位……")

不感兴趣：

埃尔加和申克[1]的友谊

亚历山大·蒲柏

T. S. 艾略特的自来水笔

---

[1] 爱德华·埃尔加（Edward Elgar，1857—1934）：英国作曲家；海因里希·申克（Heinrich Schenker，1868—1935）：奥地利音乐理论家、钢琴家，"申克音乐分析法"的创立者。

不感兴趣：

审计委员会

感兴趣：

利他主义的社会价值

新桥的建造

银版照相术的历史

不感兴趣：

英国人口普查的文化历史

("从这本极富学术性的书中看到这一点是有益的，那就是，经过必要的修正，人口普查从一开始就受到了这些争议的困扰……")

不感兴趣：

美国手风琴的文化历史

("挤压这个")

感兴趣：

绍斯波特割草机博物馆

不感兴趣：

英国电视剧批评史

奥斯卡颁奖礼上的时尚

("自1928年创立起奥斯卡的着装礼仪发生了怎样的变化")

不感兴趣：

金花[1]乐团：古巴首个全女子乐团的传奇旅程

总是（或几乎总是）感兴趣：

JC的NB[2]专栏和地下室迷宫里的忙碌活动

不感兴趣——或者，好吧，感兴趣，或许感兴趣：

外交的历史

劳拉·布什的自传

---

[1] 金花（Anacaona，1474—1503/1504），加勒比地区西班牙岛上的一位女酋长。在泰诺语中，Anacaona意为"金花"。
[2] JC是TLS的一个专栏作者名字的首字母缩写，NB则是他专栏的缩写。

12

和母亲长时间通电话时的笔记

夏天　她需要

漂亮裙子　棉的

cotton　　nottoc

　　　coontt

　　　tcoont

　　　　　toonct

　　　tocnot　　tocont

　　　tocton

　　contot[1]

1　均为"cotton"（棉花、棉制的）一词中六个字母的任意组合版本。

13

男人

　　世界上还有男人。有时候我们会忘记，以为世界上只有女人——不反抗的女人的山丘和平原。我们讲笑话，彼此安慰，我们的日子过得很快。但时不时地，确有其事，一个男人会像一棵松树那样出乎意料地出现在我们中间，凶恶地看着我们，我们成群地一路蹒跚而行，躲进山洞和溪谷，直到他消失为止。

14

负面情绪

在读到一段文字后,一位教师有一次出于善意给他学校里的所有其他教师发了一封关于负面情绪的邮件。这封邮件完全是引用了一个越南僧人的建议:

情绪,僧人说,就像一场风暴:它会停留一会儿,然后就离开了。感知到情绪时(就像一场欲来的风暴),一个人应该让自己身处一种稳定的状态。他应该坐下来或者躺下来。他应该将注意力集中在自己的腹部。更具体来说,他应该将注意力放在肚脐正下方,并且练习有意识的呼吸。如果他能够认识到情绪只是一种情绪,那么它将会更容易被掌控。

其他教师很不解。他们不理解为什么他们的同事给他们发了一封关于负面情绪的邮件。他们讨厌这封邮件,他们讨厌他们的同事。他们觉得他是在谴责他们拥有负面情绪并且需要应对它们的办法。事实上,有些人还很愤怒。

这些教师并不将他们的愤怒看成一场风暴的到来。他们并不将注意力集中在他们的腹部。他们并不将注意力放在肚脐正下方。相反,他们立刻写了回信,宣称因为他们不理解为什么他要发那封信,他的信让他们充满了负面情绪。他们告诉他,为了消除他这封信带给他们的负面情绪,他们需要进行许多练习。但是,他们接着说,他们不打算进行这项练习。他们说,他们不仅没有受到负面情绪的困扰,事实上,他们喜欢拥有负面情绪,尤其是关于他和他这封信的。

15

我很舒服,但是我可以更舒服一点

────────

我累了。

我们前面的人花了好长时间选冰激凌。

我的大拇指有点疼。

音乐会上一个男人在咳嗽。

淋浴头的水有点冷。

我今天早上要做的工作有点难。

他们帮我们安排的位置太靠近厨房了。

邮递柜台前面排了一条长队。

我坐在车里有点冷。

我的毛衣袖口有点湿。

淋浴头水压不够高。

我饿了。

他们又在吵架了。

这个汤没什么味道。

我的脐橙有点干。

火车上我没有一个人坐两个座位。

他在让我等着。

他们走了，剩我一个人坐在晚餐餐桌旁。

她说我呼吸的方法不对。

我想上厕所,但有人在里面。

我有点紧张。

我的脖子后面有点扎。

猫身上长了癣。

火车上坐在我后面的人在吃一种很难闻的东西。

那个房间太热了,我很难在里面练钢琴。

他在我工作的时候打电话给我。

我不小心买了酸奶油。

我的叉子太短了。

我太累了,没法好好上课。

这个苹果上面有棕色的斑点。

我要的是干玉米松饼,但送来的松饼不是干的。

他咀嚼得太大声了,我不得不打开了收音机。

这个香蒜酱很难调开。

我大拇指上的疣子又长回来了。

因为要做检查,今天早上我既不能吃东西也不能喝水。

她将她的奔驰车横着停在了我家的车道口。

我点了一块轻烤燕麦麸松饼,但送来的不是轻烤的。

我等着泡茶的水好长时间都不开。

我的袜子大脚趾那儿的缝线缝歪了。

那个房间太冷了,我很难在里面练钢琴。

他外语词的发音不标准。

我的茶里面的牛奶太多了。

我在厨房里待的时间太长了。

我的新袜子上有猫的口水。

我的座位没有靠背。

搅拌机的底部在漏水。

我无法决定要不要继续读这本书。

在火车上我看不到河边的风景,因为天黑了。

小红莓很酸。

黑椒研磨器磨得不太好。

猫在我的电话上撒尿了。

我的创可贴湿了。

店里的无咖啡因榛子咖啡卖完了。

我的床单在烘干机里全皱了。

这块胡萝卜蛋糕有点变味了。

我烤了葡萄干面包以后,里面的葡萄干变得很烫。

我的鼻梁有点干。

我很困,但是我不能躺下来。

检查室的音箱在放民谣。

我不是很想吃那块三明治。

电台上换了一个新的天气播报员。

现在树上的树叶都掉了,我们能看见邻居家的新廊台了。

我觉得我不再喜欢那条床单了。

餐厅里他们一直在循环播放一首软摇滚歌曲。

我的眼镜架很冷。

盘子里有圣·安德烈乳酪,但是我不能吃。

钟的指针走得非常响。

16

判断力

判断力这个词可以被压缩到多小的空间里呢：它一定能被装进一只瓢虫的脑袋里，它就在我面前，正在做决定。

17

椅 子

───────

来自福楼拜的故事

路易在芒特的一个教堂里看椅子。他非常仔细地看了那些椅子。他说,他想要通过看人们坐的椅子更好地了解那些人。他是从一个被他叫作弗里科特夫人的女人的椅子开始的。也许她的名字是写在椅子背后的。他说她一定很结实——她坐的椅子背后有一个很深的凹陷,而且祈祷凳有几处都被加固了。她丈夫也许是一位公证人,因为那张祈祷凳是用红色丝绒和黄铜钉装饰的。又或者,那个女人可能是一个寡妇,因为教堂里没有属于弗里科特先生的椅子——除非他是一个无神论者。事实上,也许这位弗里科特夫人,如果她是寡妇的话,正在寻找一位新丈夫,因为她的椅背上染上了许多染发剂。

18

我 朋 友 的 创 造

————————

夜晚我们在一个树林里。这一边,四位巨大无比的埃及女神侧身站着,背后光亮耀眼。黑色的人影来到林中,穿过了那些身影。月亮悬挂在幽暗的天空。一个快活的、红脸颊的男人坐在一根高高的杆子上吹管唱歌。时不时地,他会从他的杆子上跳下来。他是我朋友的创造,而我的朋友问我:"他应该唱什么呢?"

梦

19

钢 琴

我们准备买一架新钢琴。我们的那架旧立式钢琴的发音板上裂了一条很长的裂缝,此外还有其他毛病。我们希望琴行能把它拿去转卖,但是他们对我们说,这架钢琴毁得太厉害了,无法转卖给任何人。他们说它必须被推下悬崖。他们是准备这样做的:两位卡车司机会把它带到一个偏僻的地方。一位司机会倒着走到小路尽头,另一位会把它推到悬崖底下。

梦

20

派对

―――――

我和一个朋友在去一个盛大派对的路上。我坐的是一个我不认识的人的车,但我觉得他有一点面熟。我的朋友在我们前面,在另一辆车里,一辆白色的车。我们在废弃的街道上一直开,感觉似乎开了好几个小时,终于要往城市边缘的山上开了。我们一直迷路和停下来问路,因为给我们的地图既不准确,又很难认。

终于我们开上了一个陡坡,又开上了一条弯弯的车道,道旁的树下点着灯笼。我们停在了一个高高的、被强光灯照着的石头风车小屋前。我们下了车,沿着石子路往前走,走过了一些吵闹的喷泉。城市郊区在我们眼前和身后展开。我们走进了风车小屋。在里面,一个穿黑白两色衣服的小个子女人领着我们走下了一些涂成白色的台阶,穿过了几道石砌走廊,拐过几个屋角,终于带着我们下了最后一段宽阔的楼梯。

最底下是一个巨大的圆形房屋,屋顶上的椽子隐没在了黑暗中。屋子中间停着一匹巨大的、静止不动的旋转木马,它几乎抵到了屋角，把我们之前到的那些客人映衬得很矮，耀眼的光柱交叉地照着它：旋转木马周围的人们在往后退，带着怯懦的笑啜饮着香槟。

我们惊讶极了，甚至还没有下完那些台阶。现在，虽然旋转木马是静止不动的，但蒸汽风琴开始极其大声地号叫呜咽，弄得屋子都震动了起来。一个手上挎着包的女人走到一匹马面前，瞪着它突出的大眼。一个接一个的，客人们登上了旋转木马，不是急切地或是愉快地，而是带着恐惧。

梦

21

母牛

每一天，当她们从谷仓的远端走出来的时候，就像是开始了新的一幕，或者是一整场戏剧。

她们从谷仓远端缓缓走进你的视线，用有节奏的、优雅的步伐，那是一件大事，就像开始了一场游行表演。

有时候，第二头和第三头以庄严的姿态接连走出来，在第一头停下来站着不动并盯着前方看的时候。

她们从谷仓出来就好像是有什么事就要发生了一样，但是什么事都没有发生。

要么就是我们早晨拉开窗帘时她们已经在那里了，在清晨的阳光下。

她们的颜色是一种深深的墨黑色。那是一种吞没光线的黑色。

她们的身体是全黑的，但是她们的脸上有一些白色。其中两头脸上有大片的白色，就像一张面具。第三头的脸上只在额头处有一小块白色，只有1美元银币大小。

她们静止不动，直到再次动起来，一只脚，再一只脚——前脚，后脚，前脚，后脚——然后停在另一个地方，再次静止不动。

她们经常只是站着，完全一动不动。然而当我几分钟后再抬头看时，她们已经在另一个地方了，又是完全静止不动的。

当她们站在一起，远远地站在田边的树林旁时，她们变成了某种黑色的不规则的物质，有十二条腿。

她们经常是挤在一起站在一大块草地上。但有时候她们也会彼此躺得很远，在草地上以均匀的间隔躺着。

今天，有两头从谷仓后面出来了一半，站着不动。十分钟过去了。现在她们全都出来了，还是站着不动。又过去了十分钟。现在第三头出来了，她们站成了一条直线，静止不动。

第三头从谷仓后面走进草地的时候，另外两头已经选好了位置，离得很远。她可以选择走到任何一头旁边。她有意走到了远处的那头旁边。她是喜欢那头牛，还是喜欢那个角落，还是说原因比此更复杂——那个角落因为那头牛的存在变得更让她喜欢了？

当她们隔着马路看过来的时候，她们的注意力是完全集中的：她们站着不动，面对着我们。
仅仅是因为她们是如此静态的，她们的态度就显得深沉了。

我最常在厨房的窗户外看到她们，在树篱上方。我看她们的视线被两边的大树限制了。我很惊讶我经常能那么容易看到她们，因为能让我看过去看到她们的树篱只有三英尺长，而且，更令人不解的是，如果我把手向前直伸出去，我能看到她们吃草的视线只有半根手指长。然而那一段视线包含了她们吃草的草地的一部分，有几百平方英尺那么大。

那一头的腿在动，但是因为她是面朝我们的，她看起来就好像是不动的。但她越来越大了，所以她一定在朝我们走过来。

有一头在前景，两头在后面，在第一头与树林之间的中景里。在我的视野内，她们在中景占据的位置和她在前景占据的位置是一样大的。

因为她们一共有三头，所以其中一头会去看另外两头在一起做什么。

又或者说，因为总共有三头，其中两头会去担心第三头在做什么，比如躺下来的那头。她们会担心她，就算她经常会躺下来，就算她们全都经常会躺下来。现在那两头担心的母牛斜着站在一起，鼻子冲着她的方向，最后她终于起来了。

她们几乎是一样的大小，但还是有一头是最大的，一头是中等大小的，一头是最小的。

一头觉得她需要快步往草地另一端走去，但另一头觉得不需要，所以在原地站着不动。

一开始她在原地站着不动，而第一头正快步往前走，然后她改变主意跟了上去。

她跟着，但半路停了下来。是因为她忘记了自己为什么要去，还是因为她失去了兴趣？她和另外那一头平行地站着。她直视着前方。

她们通常是一动不动地站着，然后缓慢地四面望望，就好像她们从没有来过这里一样啊。

但现在，因为过剩的情绪，她踢了几下腿。

我只看到一头牛，站在围栏边。在我向围栏走去的时候，我看到了另一头牛的一部分：一只耳朵斜着从谷仓门边伸出来。我知道，很快，她的整张脸就会出现了，望着我。

她们不会对我们失望，或者说不记得对我们失望过。如果说有一天，我们没有东西可以给她们，她们会失去兴趣掉头走开，第二天，她们就会把她们的失望忘掉。我们知道这一点，因为在我们出现的时候她们会抬起头，并且不会将视线转开。

有时候她们会结队前进，一点点地接力向前走。

有一头从她前面那头那里得到了勇气，向前走了几步，超过了她一点点。现在最后那头也从前面那头那里得到勇气向前走了，直到这一次，她成了领头者。于是，她们以这样的方式从彼此那里获得勇气，作为一个小组，她们不断前进，走向她们前方的那个奇怪的事物。

因为这一点，因为这种以一个整体行动的方式，她们和我们有时会在火车站旁看到的那一小群鸽子不无相似之处，它们会在天空不断地回旋翻转，做着下一步要飞往何方的即时小组决定。

当我们走近她们时，她们很好奇，于是向前走来。她们想看着我们，嗅闻我们。在她们嗅闻我们之前，她们会用力地吹气，将前面的路清理干净。

她们喜欢舔舐东西——一个人的手或袖子，或是另一头牛的头、肩膀或是后背。她们也喜欢被舔：在她被舔的时候，她一动不动地站着，头略微低下来，眼睛里有一种高度的专注。
一头牛可能会嫉妒被舔的那头：她将头伸到了在舔的那头牛伸长的脖子底下，翘着屁股，直到舔舐停止。

有两头站得很近：现在她们俩会在同一时间开始动，随着另外一头调整自己的位置，接着又静止下来，就好像在严格遵守一位编舞者的指示。

现在她们又调整了位置，两只脑袋在两端，两条粗壮的腿在中间。

在和另外两头紧凑地一起站了一会儿之后，这一头独自走开，走到了草地的另一端：这一刻，她确实像是拥有了独立意志。

她是躺着的,头朝上,脚向前伸着,从侧面看她形成了一个长长的锐角三角形。

从侧面看,她的头几乎是一个等腰三角形,突出的一角是她的鼻子。

在她领头走过草地的时候,她突然独自欢腾起来,一下子腾空跃起,然后欢跳了几步。

两头牛刚开始一场快活的"屁股顶头"游戏,这时一辆车开了过来,她们停下来,开始观望。

她跳了起来,僵硬地前后摇晃。弄得另外一头激动起来,开始用头顶她的头。顶完头之后,另外一头将鼻子放到了地上,这一头则静静站着,直视着前方,就好像对她刚刚的所作所为感到迷惑一样。

不同的游戏形式:顶头;登高,踩背或是踩头;独自一个小步跑开;一起小步跑着;走开独自跳跃着玩;将头和胸贴在地上,直到她们注意到你,向你小步跑来;彼此绕着圈玩;做出顶头的姿势,但却不顶。

她对着身后小山上的树林哞叫,传来了回声。她又用高高的假声叫了一次。从这样一个庞大、黑色的身体中传出的声音却非常弱小。

今天,她们刚好是一个接一个地站成一条直线,头连着尾巴,头连着尾巴,就好像是火车的一节节车厢,领头的那头向前望去,就像火车的前灯。

从正前面看时,一头黑牛的形状是:一个平滑的黑色椭圆形,上面大,往下慢慢缩小直到变得很窄,就像一颗泪滴。

背紧紧贴在一起站着时,她们面朝着指南针上四个主要方向中的三个。

有时候一个开始排便,她的尾巴会从根部扬起来,翘成压水泵手柄的形状。

今天早晨她们看起来像是充满期待,但这是由于这两件事的结合:暴风雨到来前那种奇怪的黄光,以及聆听一只很大声的啄木鸟时她们脸上那种警觉的表情。

她们均匀分布站在 11 月底那淡黄绿色的草地上，一头，两头，三头，她们是那么静止，和她们的身体比起来，她们的腿是那么细，当她们侧面对着我们站着时，有时她们的腿看起来就像是叉子的齿，她们就好像是钉在了地上。

她是多么灵活，多么精确啊：她可以将后蹄一直往前伸，去抓挠耳朵里的某个地方。

是低下来的头让她显得没有，例如，一匹马或树林里一只受惊的鹿那么高贵。更确切地说，是她垂下来的头和脖子。在她站着不动时，她的头顶和背是一样高的，甚至还要矮一点，所以她好像是出于沮丧、尴尬或羞耻而低着头。或她身上至少带有一丝谦卑和沉闷的味道。但这些解释都是不对的。

他对我们说：她们几乎什么都不做。
然后他补充说：但是当然也没有什么她们可以做的。

她们的优雅：在她们走动时，她们从侧面看起来要比从正面看更优雅。在她们走动时，从正面看，她们就好像只是向两边微微晃动着。

在她们走动时，她们的前腿看起来比后腿更优美，因为后腿好像更僵硬。

她们的前腿比后腿更优美是因为抬起时呈曲线，而后腿抬起时则是像闪电一样的折线。
但是虽然后腿没有前腿优美，它们也许要更优雅。

这是因为关节的连接方式：前腿的最下面两个关节是向着同一方向弯曲的，所以前腿抬起时会形成一条曲线，而后腿的最下面两个关节会向着相反的方向弯曲，所以后腿抬起时会形成不同的角度，下面的关节微微向前曲，上面的关节则剧烈地向后突出。

现在，因为是冬天，她们不再吃草了，而只是静静地站着，望向前方，或是时不时地，到处走走。

这是一个寒冷的冬日早晨，华氏零度只多一点，但是有阳光。两头牛站着不动，头贴着尾巴，她们站了很久，大概是东西朝向。她们也许是想将大片的身体暴露在阳光下，借以取暖。
如果她们动了，那是因为她们够暖和了吗，还是因为她们的身体僵硬了，抑或觉得无聊了？

在雪地上，她们有时候是黑色的、大大的一丛，每一边有一个脑袋，底下有许多腿。

或者当她们三个面朝同一方向时，从侧面看，她们有三个那么深，形成一头厚厚的牛，有三颗脑袋，两颗朝上、一颗朝下。

有时候，我们从雪地上看到的只是她们身上的突起——突起的耳朵和鼻子，突起的骨感的臀部，头顶尖尖的骨头，或是她们的肩膀。

下雪的时候，雪落到她们身上的方式和落在树上及草地上的方式是一样的。有时候她们就像树木和草地一样静止。雪在她们的背上和头上堆积起来。

大雪已经下了一阵子，而且还在下着。当我们走到她们停留的围栏边时，我们看到她们的背上积了一层雪。她们的脸上也有一层雪，甚至是嘴唇边的髭须上也有一条细细的雪。她们脸上的雪是那么白，让她们脸上那些对照黑色的身体曾显得那么白的白色斑块看起来成了某种黄色。

在雪地上，她们从远处迎面向我们走来，彼此分开得很远，看起来就像一条条很粗的笔画。

一个冬日：一开始，一个男孩在那些母牛的草地上玩耍。然后，在草地外面，三个男孩朝骑车经过他们的第四个男孩扔雪球。

与此同时，三头牛彼此接连地站着，就像一张剪纸。

现在男孩们开始往母牛身上扔雪球了。一个看到的邻居说："这只是一个时间问题。他们迟早会这么干的。"

但母牛们只是从男孩们身边走开了。

在白雪上她们是那么黑，她们又站得那么近，我都不知道是她们三个都在那里，还是只有两个——但那里面一定不止八条腿吧？

在远处，一头牛低头站在雪地里；另外两头看着她，然后开始朝她小步快跑，接着又变成了慢跑。

在草地的远端，在树林边，她们正从右往左走，因为她们所在的位置，她们的黑色身体完全隐没在了身后的树林里，只看得见她们雪地上的腿——黑色的棍子在白色的地面上闪着光。

她们经常就像是某种数学问题：两头牛躺在雪地上，加上一头朝着山上看，等于三头牛。

又或者：一头牛躺在雪地上，加上两头牛站着静望这边的道路，等于三头牛。

今天，她们全都是躺着的。

现在，在仲冬时分，她们会花很多时间躺在雪地里。

她躺下来是因为另外两头都已经躺下来了，还是因为她们三个都觉得这是适合躺下来的时间？（现在刚刚过午，是寒冷的早春的一天，太阳时隐时现，地上没有雪。）

从侧面看，她躺下时的形状是最像一个从上面看起来的脱鞋器吗？

很难相信生活可以如此简单，但生活就是如此简单。这是一头反刍动物的生活，一头被保护的家养反刍动物的生活。不过，要是她生了一头小牛，她的生活就会变得更复杂了。

过去、现在和未来的母牛：在11月底淡黄绿色的草地上，她们是那么黑。之后，在冬天的白色雪地上她们又是那么黑。现在，在早春的黄褐色草地上她们是那么黑。很快，在夏天的深绿色草地上她们也会是那么黑。

其中两头可能是怀孕了，而且可能已经怀孕好几个月了。但这很难确定，因为她们是那么巨大。直到小牛生出来之前我们都不能确定。在小牛生出来以后，尽管它会很大，但母牛看起来还是会和从前一样庞大。

从侧面看，母牛吃草时的形状：从她瘦削的臀部到她的肩膀，是一个和缓的、几乎难以察觉的、向下的斜坡；而从她的肩膀到她的鼻尖，再到草地，是一个很陡的斜坡。

从侧面看时，吃草的母牛的姿态，或形状本身，是优雅的。

为什么她们吃草时总是让我看到侧面，不是正面或背面？是为了她们能够看见一边的树林和另一边的公路吗？或者是路上的车流？尽管稀少，但从右往左或从左往右时还是会影响她们，所以她们要与它保持平行地吃草？

或者她们可能不是更常侧面对着我吃草的。也许是她们侧面对着我时，我对她们更注意。不管怎么说，当她们完完全全以侧面对着我时，我能看到的她们的身体面积是最大的；一旦她们改换了角度，我能看到的她们的身体就少了，直到她们完全以头或屁股对着我时，我看到的就是最少。

她们在草地上的不同地方缓慢前进着，只有尾巴会快速地左右摆动。相比之下，那些小群的鸟——和她们一样黑——却会不停地阵阵飞来，停在她们的身后或身上。鸟儿的运动在我们看来带着喜悦与兴奋，但那或许只是因为它们在着急捕捉猎物罢了——猎物是那些因此不断从母牛身上飞走又飞回的苍蝇。

她们的尾巴不完全是在甩或拍打，它们也不是鞭打，因为没有鞭打的声音。它们会做着沉降或绕圈运动，尾端轻轻弹着，特别是穗状的那部分。

她的头低着，她站在一个暗色的圆圈里吃草，那是她自己的影子。

就像我们在花园里除草时很难停下来，因为在我们眼前总是会有草要除，可能她也很难停止吃草，因为在她面前总是会有几根新鲜的草可以吃。

如果草很短，她会用牙齿和嘴巴直接去咬它；要是草比较高，她就会用舌头斜扫过来，将它送进嘴里。

她们的大舌头不是粉色的。其中两头是淡灰色的。第三头，也就是最黑的那头，是深灰色的。

其中一头生了一头小牛。但事实上，她的生活并没有变得比以前复杂许多。她站着不动，让他吃奶。她舔他。

只有生产的那几个小时，那一天（棕枝主日[1]），要复杂许多。

今天，那些母牛又是对称地站在草地上，但现在她们之间的草地上多出了一个小短线——那是小牛在睡觉。

从前，当她们躺着休息时，草地上有三个黑色的横包。现在有三个横包加一个非常小的横包。

他只有三天大，但他很快也要开始吃草了，或是开始学着吃草，但他是那么小，从我观察他的地方看，他有时候会被一根树枝挡住。

当他站着不动，小小的，就像他母亲一样鼻子贴着草地时，因为他的身体那么小，腿又那么细，他看起来就像一根粗一点的黑色订书钉。

当他跟在她后面跑时，他跑起来的样子就像一匹木马。

她们有时确实会抗议——当她们没有水或是进不了谷仓的

---

[1] 复活节前的星期日。

时候。其中的一头,最黑的那头,会极有规律地连续哞叫二十几声。声音回荡在山间,就像从消防站传出的火警警报声。

在这样的时候,她听起来很有权威。但是她没有权威。

又有一头小牛出生了,是另外一头牛生的。现在,草地上的一个小黑团是那头大一点的小牛。另外那个,草地上那个更小的黑包是那个新生儿。

第三头牛没法怀孕是因为她不愿意被装进那辆拉她去见公牛的小卡车。后来,几个月以后,他们想把她送去宰杀掉。但她不愿意上那辆要把她拉去宰掉的小卡车。所以她还在那里。

有时候,其他邻居会不在,但那些牛总是在那里,在草地上。或者说,如果她们不在草地上,她们就是在谷仓里。

我知道如果她们在草地里,如果我走到围栏的这边,她们三个,全体三个,迟早都会走到围栏那一边来,来见我。

他们不懂"人""邻居""观看"这样的词,甚至连母牛都不懂。

黄昏时分,当室内开了灯时,我们看不见她们,虽然她们还在马路对面的草地里。如果我关掉灯望进暮色,慢慢地我又能看见她们了。

黄昏时分,她们还在那里吃草。但暮色渐沉,当树林上方的天空还是一种蓝紫色时,在暗下来的草地上就越来越难看到她们黑色的身体了。然后她们就看不见了,但她们还在那里,在黑暗中吃草。

22

展览

来自福楼拜的故事

昨天,冒着大雪,我去看了从勒阿弗尔[1]来到这里的关于野人的展览。他们是卡菲尔人[2]。这些可怜的黑鬼,还有他们的经理,看起来都像快要饿死了。

只需要付几分钱就能进去看展览。那是一间充斥着烟味的肮脏房间,在三四层楼上。展览组织得不是很好——七八个穿工作服的人分散着坐在几排椅子上。我们等了一会儿。然后一个类似野人的人进来了,他背上披着一块虎皮,嘴里发出刺耳的叫声。几个人跟着他进了房间——他们一共有四个人。

他们走上了一个平台,围着一只炖锅蹲了下来。他们看起来

---

1 法国港口城市,位于塞纳河口。
2 对非洲黑人的一种蔑称。

既丑陋又光辉，身上满是护身符和文身，他们像骷髅一样瘦，皮肤是像我抽惯了的旧烟斗一样的颜色；他们的脸庞平坦，牙齿雪白，脸上的表情极其悲伤、惊异，好像受了虐待。窗外的熹光，以及雪在街对面屋顶上的反光，在他们身上投上了一层灰色的薄雾。我感到我好像在看着地球上的第一批人类——好像他们刚刚才开始存在，而且是和蟾蜍与鳄鱼一起到处爬行。

然后，他们中的一个人，一个老女人，注意到了我并走到了观众中我坐的位置上——她像是突然对我产生了一种好感。她对我说了一些话——就我的理解，一些充满感情的话。然后她试图吻我。观众充满震惊地看着我们。足足有一刻钟的时间，我坐在我的位子上听着她长久地宣布她对我的爱情。我好几次问他们的经理她在说什么，但是他无法给我提供任何翻译。

虽然他宣称他懂一点英语，但他似乎一个词都听不懂，因为在演出终于结束后——在我终于解脱后——我问了几个问题他们都无法回答。我很高兴能够离开那个悲惨的地方，再次回到雪地里，虽然我把我的靴子落在什么地方了。

是什么让我如此这般被那些白痴、疯子、笨蛋和野人吸引？那些可怜的生物是否从我这里感受到了某种同情？他们是否感到我们之间有某种联系？次次都是这样。加莱北部的白痴是这样，开罗的疯子是这样，埃及北部的僧人是这样——他们通通用他们爱的宣言来迫害我！

后来，我听说在这次野人展览之后，他们的经理抛弃了他们。他们那时已经在鲁昂待了两个月，先是在博瓦桑大道上，然后是在格兰德大街上，我就是在那里看到了他们。他离开的时候他们是住在德·勒·维孔特街上的一家破旧的小旅馆里。他们唯一的指望是带着箱子去英国领事馆——我不知道他们怎么可能让别人听懂他们的话。但是领事馆替他们付了账——给旅馆付了400 法郎——然后把他们送上了去巴黎的火车。他们在那儿有一场展览——那是他们在巴黎的首展。

23

给薄荷糖公司的一封信

"老式耐嚼薄荷糖"制造商：

去年圣诞期间，我丈夫和我进了一家高档乡村店铺，它服务于周末度假人士和本地人，一侧还有一间午餐餐厅，是由一对不停争吵并且老是训斥帮手的夫妇开的。我们吃完饭后在店里逛，离开之前，在那些展示的包装食品和精致熟食中间，你们的"老式耐嚼薄荷糖"的鲜红小罐（你们对于锡罐的称呼）吸引了我们的目光。我很喜欢薄荷糖，当我读了你们的罐子上的食品配料表并发现它们没加防腐剂及人工调味料和调色剂后，我决定买下这罐薄荷糖，因为纯粹的糖现在是很难买到的。我没有问这罐糖的价格，因为虽然我意识到这家店里的东西可能挺贵的，但我愿意铺张一点，因为圣诞节就要来了。不过，等我去付账时，它的价格让我大吃一惊，这一罐薄荷糖要卖15美元，它的净重是13盎司（约369克）。我犹豫了一下，但还是把它买下了，部分是因为我不想在收银台前那个不耐烦并显得不高兴的年轻女人面前出丑,部分是因为我不想放弃这些糖。回到家后,我读了你们俏皮的警告语,上面说在咀嚼之前你应该让薄荷糖在嘴里软化一下。你们说:"你的牙齿会感谢你的!"好吧,这些薄荷糖确实好像是软化了,但当你咬下去的时候它们又很坚实。我确实吃完了一颗,但我咀嚼得非常小心,并且遭遇了极大的困难。要把这糖含在嘴里挺困难的,因为它老是会黏在你的牙齿上。不过,我必须要马上说,它的味道确实好极了。我给你们写信不是因为它的味道或是咀嚼它的难度,而是为了里面糖果的数量。当我第一次打开罐子还没有开始吃的时候,我注意到这些糖装得不是很紧。糖是堆到了罐子顶,但是垒得很松。我又去看了一下配料表。我看到你们说一份有 6 颗,并指出一罐里面包含十二又三分之一份。我算了一下,一罐应该装有 74 颗糖果。老实说,我不认为罐子里有 74 颗糖果。当我把这件事告诉我的家人后,我们决定就糖果的数量打赌,然后数数。我赌的是有 64 颗。我丈夫比较愿意相信你们说的话,他猜有 70 颗。作为一个大胆的少年,我儿子猜只有 50 颗。好吧,我把它们放在餐桌上数了出来,你们觉得是谁赌赢了?我很抱歉地说是我儿子。罐头(或罐子)里只有 51 颗糖果!我必须要说,如果里面有 70 颗或甚至是 66 颗我都可以理解,但 51 颗几乎只有你们宣称的数量的三分之二。我不理解你们为什么要做这种虚假的宣告。刚才,出于好奇,我也算了算你们宣称的这些糖的净重是否也有所夸张。你们说每颗糖有 5 克，总共的净重是 369 克。但这大概需要 74 颗糖，但因为里面没有 74 颗而只有 51 颗，这些糖的净重约只有 255 克。我无法通过称量来证实这个估算，因为现在我们已经把它们都吃了。它们很好吃，但我们觉得我们被缺斤短两了，或者我是否该说……被欺骗了？能不能请你们解释一下这其中的差距？

谨上

补充一下：这让我的购买行为变得更铺张了。15 美元买 13 盎司是 18 美元 1 磅；15 美元买 8 盎司就是 30 美元 1 磅了！

24

她的地理知识:伊利诺伊

她知道她在芝加哥。

但她目前还不知道她在伊利诺伊。

IV

01

厄登·冯·霍瓦特[1]出门散步

厄登·冯·霍瓦特有一次在巴伐利亚段的阿尔卑斯山里散步,离小路不远的地方,他发现了一具男人的骸骨。这个男人显然是一个徒步者,因为他背了一个背包。冯·霍瓦特打开背包,包看起来就好像是全新的一样。在里面,他发现了一件毛衣和几件别的衣服;一小包曾经是食物的东西;一本日记;一张印有巴伐利亚阿尔卑斯山脉的准备寄出的明信片,上面写着:"玩得真开心。"

---

[1] 厄登·冯·霍瓦特(Ödön von Horváth,1901—1938):出生于奥匈帝国的德语剧作家、小说家。

02

在火车上

───────

尽管不认识,他和我被联结在了一起,一同反对坐在我们前面的两个女人,她们面对面坐着,不停说话,声音也不轻。教养不好。我们皱起了眉。

后来,当我(越过走道)看到他时,他正在抠鼻屎。我自己呢,我三明治里的西红柿正在往报纸上掉呢。坏习惯。

要是我是那个在抠鼻屎的人,我就不会说出来了。我又看了一下,他还在抠。

至于那两个女人呢,她们现在并排坐着,在安静地看书,两人都干净整齐,一个在读一本杂志,一个在读一本书。无可指责。

03

吸尘器问题

一位牧师要来拜访我们——又或许是两位牧师。

但女佣把吸尘器落在走廊里了,就在正门口。

我已经两次叫她把它拿走了,但是她不干。

我肯定是不会去干的。

其中一位牧师,我知道,是巴塔哥尼亚的教区长。

04

海豹

我知道我们在这一天应该感到快乐。这是多么奇怪啊。在你年轻的时候,你通常是快乐的,至少你是容易快乐的。当你年龄渐长你看事物更清楚了,值得快乐的事情也变少了。同时,你开始失去一些人——你的家人。我的家人不是很容易应付,但他们是我的家人,我们被发的牌。事实上,我们总共是五个人,就像一手牌——这是我以前没有想到过的。

我们过了河,现在在新泽西了,我们一小时后就会到费城,我们从车站出来得很及时。

我在想的主要是她——她比我大,比我的哥哥也要大,常常负责照管我们,经常是最负责的那一个,至少在我们成长过程中是这样。到我成年的时候,她已经生了第一个小孩。事实上,在我 21 岁的时候,她已经生下了她的两个孩子。

大多数时候我不会想到她,因为我不想感到悲伤。她有着宽阔的脸颊,柔软的皮肤,好看的体格,大眼睛,白皮肤,金发染得很自然，夹着少许灰发。她看起来总是略显疲惫和悲伤，在她与人交谈停顿的时候，在她休息片刻的时候，特别是在拍照的时候。我找啊找，想找到一张她看起来不显得疲惫或悲伤的照片，但我只能找到一张。

他们说她看起来很年轻，很平静，在她一天又一天的昏迷中。它一直在持续——没有人知道它何时会停止。我哥哥说她脸上有一种光，一种湿润的光泽——她在微微出汗。计划是让她自己呼吸，只提供一点点氧气，直到她停止呼吸。我从未看过她昏迷中的样子，从未在她生命终结时看过她。现在我为此感到遗憾。我觉得我应该陪着我们的母亲在这里等着，握着她的手，直到接到那通电话。至少我是这么对自己说的。电话是半夜里打来的。我母亲和我都起床了，然后一起站在黑暗的客厅里，仅有的一点光是从外面来的，是路灯光。

我很想念她。也许当你无法弄清楚你和一个人的关系时，你会更想念这个人。在我小的时候，我爱她胜过爱我们的母亲。然后她离开了家。

我想她是大学毕业后立刻就离开了家。她搬去了城市。我应该是 7 岁。我有一些她在家时的记忆，在她搬走之前。我记得她会在客厅里弹钢琴，我记得她站在钢琴边，微微弯着腰，她的嘴唇在单簧管口边噘着，眼睛看着乐谱。那时她吹得非常好。围绕着她需要的单簧管簧片，总是有一些家庭纠纷。多年以后，在很远的地方,当我去看她的时候,她会又拿出那根单簧管,我们会一起吹奏些什么,有时成功有时不成功。有时候你能听到她学会吹出的那种丰满、圆润的音调,听出她能完美把握一段音乐的形态,但她的唇部肌肉退化了,所以她有时会失去控制。乐器会尖叫或是发不出声音。吹的时候她会用力向管口吹气,用力按着,然后休息的时候,她会把乐器放低一下,着急地吐一口气,然后在再开始吹前快速地吸一口气。

我记得我们家里放钢琴的位置,就在那个长而低矮的房间的拱形过道旁边,房间被前窗外的松树投下了阴影,阳光从侧面窗户、从开敞的那一面的花园里照进来,那里玫瑰丛靠着屋墙生长,园子中间有鸢尾花床,但我不记得那个假期她在那里。也许她没有为此回家。她太远了,没法常常回来。我们并没有很多钱,所以能用来买火车票的钱可能不多。而且她或许不想经常回家。那时候我是不会明白这些的。我对我们的母亲说我愿意把我存起来的仅有的几美元交出来,如果它能带她回家的话。我是非常严肃的,我以为它会有用,但我们的母亲只是笑了。

我太想她了。她还在家的时候会照看我们,我哥哥和我。在我出生的那天,在那个炎热的夏天的下午,是她在陪着我哥哥。他们被放在了一个乡村集市。一小时又一小时,她带着他去坐游乐车和逛不同摊位,在多年后我们看烟火的这个低平的市场里,他们两个人都又热又渴又累。我的父亲和母亲在好几英里之外,在镇子的另一边山顶上的医院里。

在我10岁的时候，我们其他人也搬了家，搬到了她的城市里，所以有几年我们住得很近。她会来我们的公寓待一会儿，但我认为她不是经常来，我不明白她为什么这样。我不记得和她一起吃的家庭聚餐，不记得一起在城里的出游。在公寓里，她会认真听我弹钢琴。当我弹错一个音的时候她会告诉我，但有时候她是错的。她教我说了我的第一个法语单词：她让我一遍又一遍地说，直到我的发音完全正确为止。我们的母亲现在也去世了，所以我无法去问母亲为什么我们当时不能更经常地见到她。

不会有更多来自她的动物主题的礼物了。不会有更多来自她的任何礼物了。

为什么要送这些动物主题的礼物？为什么她想让我想到动物？有一次她送了我一个瓷企鹅风铃——为什么？还有一次是一只由软木做的吊在绳子上的海鸥，它会在风里上下振动翅膀。还有一次，是一块上面印着一些獾的洗碗巾。我还有这块洗碗巾。为什么是獾？

特伦顿制作，世界接受——窗外这样写着。今天我会盯着多少广告牌看？现在我看到有杆子倒在了水里，上面还有好多电线——它们是怎么了，为什么会被留在那里？

这一天总是那些没有家人的人会被要求工作。我可以说我要和我哥哥一起过，但他在墨西哥。

四个小时多一点。晚餐时间我还会在那里，我会在一家酒店餐厅里吃饭，如果有的话。这总是最简单的。食物从来不是很好，但那里的人很友善。他们必须保持友善，因为这是他们的工作。但友善的意思有时是他们会帮我将音乐关小。要不然他们会说他们不能，但他们会微笑。

对动物的爱是我们的共同点吗？她一定是喜欢它们的，不然她不会送那些礼物。我不记得她对动物是怎样的了。我试着去想她的不同情绪：经常是担心的，有时候会更放松一些，在笑（坐在桌边，喝了一杯红酒时），有时候因为一个笑话在笑，有时候是爱玩的（多年以前，和她的孩子在一起时），在那些时候她会突然充满活力，穿过草地冲向什么，在那棵月桂树底下，那个带围墙的花园受到了她丈夫悉心的照料。

她会担心太多事情。她会想象一个恶劣的结果，会将它展开，直到它变成一个和开端离得很远的故事。它会是从预测下雨开始的。她可能会对她的一个已经成年的女儿说，天大概要下雨。不要忘记带雨衣。要是你淋了雨你可能会感冒，那么你可能会错过明天的演出。那就太糟糕了。比尔会非常失望。他期待着听到你对于演出的想法。关于它，你和他已经谈了那么多了……

我常常会想起这个——她是多么紧张。这可能很早就开始了,她的童年太复杂了。到她 6 岁的时候她已经有了三个父亲——我猜也可以说是两个,如果不算她真正的父亲的话。他只认识还是婴儿时候的她。我们的母亲总是会把她丢给别人——一个保姆,一个表亲。通常只是一个早晨或是一天,但有一次,至少有一次,是好几个星期加好几个星期。我们的母亲需要工作——这总是一个好理由。

我不常见到她,好几个星期会过去,因为她住得很远。当我们再见面时,她会伸出双臂环抱我,用力给我一个拥抱,将我按在她柔软的胸前,我的脸颊抵着她的肩膀。她比我高半个头,而且她更宽。我不仅年纪小,个头也更小。从我记事起,她就一直在那里。我一直觉得她会保护我,照顾我,即便在我成年以后。我现在还会想,带着一种强烈的渴望,甚至在我意识到自己在想以前,我在想我在某个地方见到的某个年长些的女人,大约比我大十四岁的女人,会照顾我。当她放开我时,她会看向一边或是将目光越过我的脑袋。她似乎在想着什么事情。然后,当她的目光落在我身上时,我无法确定她是不是在看我。我不知道她对我的感情到底是怎样的。

我在她的生命中占据着怎样的位置?我有时候想对于她的女儿们,甚至对于她,我是无足轻重的。这种感觉会突然降临,一种空洞感,就好像我根本不存在。只有她们三个人,她的两个女儿和她,在她们的父亲去世之后,在她的第二任丈夫离开以后。

我是边缘人物，我们的兄弟也是，虽然他和我在她早年的生命中占据了那么大的位置。

我从来不确定她对她女儿之外的其他任何人的感情是怎样的。我知道她有多想念她们，因为当她们不在的时候，她会突然变得很安静。又或者在她们就要离开的时候——从海滩上的出租屋离开时，在前门口说再见时，发亮的沙滩草在车子后面的沙滩上闪着光，阳光下屋顶上的灰木板、鱼和杂酚油的味道，阳光在车子上的反光，然后是一边车门被拉上的声音，另一边车门被拉上的声音，在她看着这些时她的沉默。是在她沉默时我感到我更能体会她真实的感情了，我有了某种途径看透它，而这些时刻总是和她的女儿们有关。

但我想她对我们母亲的感情是她生命中一种沉重的负担，至少是当她们在一起的时候。当我们的母亲在很远的地方时，她也许可以忘掉她。我们的母亲总是会踩着她想站得更高，总是需要是对的，总是需要比她更好，而且在大多数时候是比我们所有人都更好。我们的母亲是完全无辜的，当她这么做的时候。她对此一无所知，在大多数时候。

我们最后的一次交谈——那是在电话中，长途。她说她看她视野右边的东西有些困难。在填一份表格的时候，她看见日期这个词就填下了当天的日期，没看到这个词的右边还有别的词，其实她应该填的是出生日期。我们聊了一会儿，在谈话快要结束的时候，我一定说了我们几天后再聊，或是保持联系让我知道她的情况，因为她的回答是，她不想再和我打电话了，因为她想要保留所有力气和她的女儿们说话。当她这么说的时候，她的声音听起来是有距离感的，或是极度疲倦的，她没有将她的意思表达得和缓一点，也没有道歉。这次之后我们没有再说话了。我觉得我被推开了，从她的生活中被推开了。但这种冷酷是源于她本人的恐惧，她对于将要发生在她身上的事的烦乱，不是针对我。

在她死后，我不断地回到这件事，试着去想她对我是怎样的感情，试着衡量它，试图寻找柔情与爱，掂量它，想要将它确定。她对我的感情一定是矛盾混杂的，对我这个比她小很多的妹妹——我在家的生活比她的要容易得多。她可能一直对此怀有某种嫉妒，年复一年，但她还会花时间和我在一起，她来到我住的地方看我，睡在了我的客厅里，至少有两个晚上。她不止来过一次。是在她某次来访时我听到她半个晚上都开着收音机的吗，收音机是放在她床边的，嗡鸣着，唱着，还是说是在夏日假期里某个海边出租屋里，屋里的地板上覆着沙子，充斥着别人的家具，墙上挂着别人的画？她睡不着，她会听着收音机，读一本侦探小说直到深夜。

她也让我去她家里住过，有一次我和她一起住了一段时间，在我必须远离我父母的时候。有时候我觉得她收留我是出于对于我——她的妹妹的一种责任，因为我总是有我自己的问题。

她总是会很早就寄出给我们的包裹。里面，每件礼物都会用软纸或硬包装纸包好。所有这些礼物——都是由她挑选，买下，用鲜艳的纸包好，被她用黑色或彩色的马克笔直接在包装上用她的大字写好标签的，然后她会提前几个礼拜就把它们寄出来。

我知道我总是太关心礼物。在我小的时候这个节日对我来说是一年中的高潮，这一点一直没有改变。一年会在这个节日以及旧的一年与新的一年交替时达到顶峰，然后新的一年又开始了，并总是会迎向这个节日。

海鸥被收在了衣柜里，它的线都缠在了一起。时不时地，我会试着把缠住的线解开，最后我终于成功了。然后我把它挂在了谷仓里的一根横梁上，用一块胶布把它固定住。一段时间之后，酷暑的夏季，胶布松开了，它掉了下来。

另外还有那个带亮片的布偶大象，来自印度，很漂亮。上面有两根细绳子，可以挂在什么地方。我把它挂在了一扇窗前，一段时间之后阳光将它一面的绿色布料晒得褪色了。还有一个用毛毡做的带口袋的东西，用来挂在门后放东西的——我不知道要用它来放什么。它的上面也有大象，是绣在毛毡上的。

现在我想起来了——她会在资助原住民的特殊集会上买这些

东西。这是她的好心，她的善良，也是这些东西有时看起来有些奇怪且不太适合我们的部分原因。

她寄到的包裹总是令人兴奋。那粗糙的棕色纸会因为跨海之旅变得有些破损。这棕色的纸会比里面的包装纸更令人兴奋，因为它是那么黯淡，但你知道里面会有数不清的小包裹，每个都是用色彩鲜艳的纸包起来的。

她挑选我的礼物时是想着我的，我认为，但她会将事实稍微扭曲一点，以某种更加乐观的方式，想着我可能会觉得这件东西是有用的或有装饰性的。我认为很多人在选礼物时都会朝着乐观的方向扭曲事实。但我不是说我反对人们为别人挑选不一样的礼物，我对那些残疾人市集更没有意见。现在几年已经过去了，我也变了，我也会在残疾人市集上买礼物了。我至少会为了纪念她而这么做。

她不会花很多钱在礼物上。这是她的明智。她也不会花很多钱在自己身上。我同时相信内心深处，她大概不觉得她配得上更好的。

但她在别的时候会在我们身上花很多钱。她的礼物会在意料不到的时候到来。有一次，她写信问我愿不愿意和她及她的孩子们一起去山里滑雪。那是早春时分，雪在坡道上化开了，露出一片片烂泥。我们在残余的雪上滑着。我有时会走开，去散长长的步。她觉得我不应该独自走开——要是发生些什么事，我会变得孤立无援。但她不会禁止我去,所以我还是去了。事实上,在我散步的小路上有很多人在上山下山,经过彼此时会友好地打招呼。

多年以后,在我远远过了应当需要她帮助的年龄以后,她为我买了我的第一台电脑。我是可以拒绝的,但我还是没有太多钱。而且那天下午她在电话中突然提出帮忙时让人觉得有种兴奋感。她所在的地方已经是深夜了。她的提议是一种迸发的、抚慰性的慷慨,我想要沉陷其中不出来。是的,她说,是的,她坚持,她会给我寄钱。第二天她又打电话来,这次要平静一些——她还是想帮忙,她会寄一些钱,但不是全款,在那时候那是很多钱。我知道事情是怎样的——在深夜里,她在想着我,她想念我,这种感情在她体内生长,变成了一种想要为我做点什么的愿望,甚至是一件大事。

大约从那时候开始,她每年夏天都会为我们租一套房子,或者至少为它付大部分钱。那是一幢海滩度假屋,租期一到两周,每年都在不同的地方,我们都会过去在一起待一段时间。我们最后一次这么做是在我父亲生命中的最后一年,他没去海滩度假屋——我们把他留在了养老院。第二年夏天,他走了,她也走了。

快到费城的时候——在河湾那边,两边都有船屋,水崖上有一座大博物馆,就像一座来自古希腊的建筑。这次我不会看到那个车站了——它高高的屋顶、长长的木椅和走道,以及古老的标牌。我可以就站在那里看着它,它深阔的空间——我有时是会这么做的,如果我有时间的话。我们的宾州车站要更宏伟。它现在不在了——想起这件事我总是很伤感。然后当你走在地下大厅,在火车到来之前消磨时间时,你会一直经过他们在走廊里贴的老宾州车站的照片,长长的阳光透过高窗照到大理石台阶上。就好像他们想要向我们提醒我们失去的东西——真奇怪。

然后我们会经过阿米什人[1]聚居地。我从来不记得要去留意它,它总是会出其不意地出现在我面前。春天里,一队队骡子和马在远处田野的缓坡上犁地——今天已经见不到了。挂在晾衣绳上的衣服——也许。天阴阴的,但是干燥有风。我读过的关于冬天洗衣服时放盐是怎么回事?不管怎么说,今天不是很冷。一个暖冬。

一次又一次,她试图付钱让我哥哥过去,去看她。他从没去过。他从没说是为什么。在她快要去世的时候他总算去了,但为时已晚,她不会因为他终于同意去了而感到满意了。他在那里一直待到了最后。不陪着她的时候,他会在城里到处走。他处理

---

[1] 阿米什人主要分布在美国宾夕法尼亚州、印第安纳州和加拿大安大略省,是基督教再洗礼派门诺会信徒,他们拒绝现代科技,以农耕为生,生活简朴。

了一些必须要做的实际的事务。然后他留下来参加了葬礼。我没有去参加葬礼。我有很好的理由，至少是我认为的好理由，与我们的母亲有关，与事情带来的震惊有关，而且路太远了，远隔重洋。事实上，更主要的是因为葬礼上的那些陌生人，以及我自己脆弱的情感，而我不想将其与陌生人分享。

在她活着的时候我可以分享她。在她还活着的时候，她的存在是无止境的，和她在一起的时间是无止境的，时间本身是无止境的。我们的母亲已经很老了，在我们这些孩子停下来想一想我们可能会活多久时，我们以为我们会活得一样久。然后，突然间，她的视力出现了奇怪的问题，后来发现原来不是她的视力而是大脑里的问题，之后，毫无征兆地，是出血和昏迷，医生们宣布她活不太久了。

在她去世后，每一个记忆都突然变得珍贵了，就算是坏的那些，就算是我对她不高兴的那些时候，或是她对我不高兴的时候。然后不高兴也似乎成了一种奢侈。

我不想分享她，我不想听到陌生人谈论她，不想听到一个牧师站在一群人面前说话，或是她的一个会以不同的眼光看她的朋友。在我的脑海里和她在一起、继续和她在一起不是很容易，因为它全在我的脑海里，因为她并不在那儿，为此它必须是只有我们两个人，没有其他人。葬礼上会有陌生人，她认识但我不认识的人，或是我认识但却不喜欢的人，在意或不在意但认为自己应该去参加葬礼的人。但现在我很遗憾，又或者说，我很遗憾我不能两者兼做——去参加葬礼但同时又留在家里陪伴我们的母亲，滋养着我本人的伤痛和我的记忆。

突然间，在她去世后，她的东西变得比从前更有价值了——她的信，当然，虽然并不是很多，还有在她上次来访时落在我家里的东西，比如她的外套，一件深蓝色的带有标语的防风夹克。一本我尝试去读但读不下去的侦探小说。冷冻柜里的一罐冻蛤，一瓶打折的塔塔酱，放在冰箱门里。

我们现在开得很快。当你行进得那么快时，你以为你永远都不会被阻滞——被交通、繁忙的街区、商店、排队阻滞。我们在加速。开得很顺畅。除了车上的某个金属部件在打晃。我们都有点打晃。

车里并没有很多人，而且他们今天都很安静。要是某人打手机打得太久了我不介意告诉他这一点。我这么做过一次。我给了那个男人十分钟，也许更久，也许有二十分钟，然后我走过去站在他身边的走道里。他没有生气。他抬起头看着我，对我笑了，向空中挥起手，然后在我回到我的座位之前结束了通话。我不会在坐火车时用手机谈公事。他们也应该做到这点。

她还会给予其他类型的礼物——她会为别人做的努力，她为朋友做饭时花的功夫。她家里收留的流浪汉，她会收留他们住好几个礼拜或好几个月——经过她家的孩子，还有一年，是一个瘦小的印度老人，他每天都会整理她书架上的书，他吃得是那么少，冥想的时间是那么长。后来是她的老父亲，她的生父，那个她成年后才第一次见到的父亲，不是我的父亲，不是那个养大她的父亲。她做了一个关于他的梦，梦到他病得很重。她开始着手去寻找他，并且找到了他。

每次我去看她的时候，在一天结束时她都会很累，在我们晚上一起坐下来看电视节目或电视上的电影时，她会睡着。一开始她会醒过来一下，对演员感到好奇——这个是谁，我们是不是在……里看到过他？——然后她会安静下来，她安静得太久了，你会偏过头去看到她的头偏到了一边，落地灯的光照在她的浅色头发上，要么她的脑袋会垂在胸前，她会一直睡到我们都站起来准备去睡觉的时候。

她送给我的最后一份礼物是什么？那是七年前的事了。要是我知道那是最后一份礼物，我一定会更在意它。

如果不是动物主题或是由某个原住民做的东西，那可能就会是一个包，不是很贵的包，而是有某种特别设计的包，可能有某种特别设计，比如空着时可以折叠起来，然后合上时上面有一个小夹子所以你可以把它夹到别的包上。我收过好几个这样的包。

她自己也会背这样的包，还有其他样子的包，总是敞口的，里面装满了东西——一件备用的毛衣，另外一个包，几本书，一盒饼干，一瓶饮料。她总是会往包里装很多东西随身携带。

有一次她来访时——我想到了靠在我的一把椅子后面的她的那排包。我不知道为什么。我不想把她一个人丢在那儿，那是不对的，但我也不习惯有人在身边。过了一会儿，那种恐慌的感觉消失了，也许仅仅是因为时间过去了，但有那么一刻我觉得我会晕倒。

现在我可以去看她睡过的那张床了，并且希望她会回来至少那么一会儿。我们不需要说话，我们甚至都不需要看着彼此，但她只需要在那儿就是某种安慰——她的手臂、她宽阔的肩膀、她的头发。

我想对她说，是的，我们之间有一些问题，我们的关系是难懂的、复杂的，然而我还是想让你回来坐在你曾经睡过几晚的沙发床上，客厅里的那个位置现在是你的角落了，我只是想看看你的脸颊、你的肩膀、你的手臂、你戴着金色手表的手腕，它有点紧，嵌进了肉里，还有你有力的手，上面的戒指，你剪短的指甲，我不需要看着你的眼睛或是有任何交流，不管是完整的还是破碎的，但只需要你在那里，你的血肉之躯在那里，只是那么一会儿，坐在沙发坐垫上，将罩布弄皱，阳光从你的身后照过来，那会非常美好。也许下午时你会在沙发床上躺下来，读一会儿书，也许你会睡着。我会在隔壁的房间里，在附近。

有时候，晚餐过后，要是她非常放松而我又坐在她身边，她会把手在我的肩膀上放一会儿，隔着我的棉布衬衣，我会觉得越来越暖。我觉得她确实是在以一种永不会变的方式爱着我的，不管她的情绪是怎样的。

那年秋天，在她和我的父亲两人都去世了的那个夏天之后，有一个时刻我想对他们说，好吧，你们死了，我知道这一点了，你们已经去世一段时间了，我们都消化了这件事，探索了那些最初的情绪，对它的反应，其中的一些是令人吃惊的情绪，也探索了已经过去几个月后的情绪——现在是你们应该回来的时候了。你们走得已经够久了。

因为在死亡事件发生过后有一些戏剧化的事件，那些复杂的戏剧化事件持续了好几天，在他们两人去世后都是，然后是思念他们的这种更安静更简单的事实。他不再会从家里他的房间里走出来，手里拿着一张给我们看的照片或是一封信了，他不会再对我们讲那些同样的故事了，关于他小时候的——说出那些对他是那么重要对我们却无足轻重的名字：他出生的克林顿街，在他小时候夏天去度假的冬岛，他看着拉着马车小步跑着的马的背部，他小时候得的肺炎，虚弱的他一天又一天地躺在床上看书，在萨勒姆的表兄家里，星期六时和其他男孩一起去基督教青年会游泳，在那里所有男孩都习惯裸泳，而这让他很厌烦，以及隔壁住着的珀金斯一家。他不会再在 11 点的时候坐在那里喝他上午的第一杯咖啡，或是坐在窗边的阳光里看书了。她不会再在早晨在租来的海滩夏屋里为我们做煎饼了，又大又厚的蓝莓煎饼里面会有点夹生，她站在锅前，安静地专注于手里的活儿，或是一边干活一边说着话，她身穿花衬衫直筒裤，脚上穿着舒适的平底鞋或是莫卡辛软皮鞋，她的脚趾熟悉的形状会将鞋上的布或皮革撑开一点点。她不会再去海湾里起伏的波浪中游泳了，就算在风暴天里，她的眼睛是一种比海水更浅的蓝色。她不会再和我们的母亲一起站在近岸齐腰深的水里说话了，她的脸微微皱着，可能是因为阳光或是因为专注于她们在谈的东西。她不会再做像她在圣诞前夜做的那种炖生蚝了，在她丈夫去世后来看我们的父亲母亲的那次，乳白色的汤里有吃起来会咯咯作响的沙子，我们的汤勺底部也有沙子。她不会再抱着坐在她腿上的孩子了，她自己的孩子，那是同一次探访时的事，那时她们都是那么的悲伤和迷惑，或是抱着别人的孩子，轻轻地来回摇晃着那个孩子，她粗壮有力的胳膊揽过孩子的胸口，胸颊挨在孩子的头发上，她悲伤的脸若有所思，她的目光很遥远。她不会在晚上时坐在沙发上，在看到一个她从某部电影或电视里认识的演员时发出惊叹了，她不会再在深夜时在那里睡着，突然变得很安静了。

  他们去世后的第一个新年让人觉得像是某种背叛——我们丢下了他们还活着的上一年，被他们所知的一年，开始了他们永远不会经历的一年。

在我的头脑里也有一些困惑，在之后的几个月里。不是说我觉得她还活着。但与此同时我还是无法相信她确实已经走了。突然间选择不再那么简单了：要么活着要么死了。就好像不是活着的不一定意味着她死了，就好像还存在着某种第三种可能性一样。

那次她的来访——现在我不明白为什么它给人感觉是那么复杂。你们只是出去一起做些什么，或如果在家的话就是坐下来聊聊。如果只是说她喜欢说话当然就太简单了。她说话的方式里有某种狂躁的东西。就好像她在害怕着什么，抵挡着什么。在她死后，这是我们全都说起过的——我们过去会希望她能停下来一会儿，或是少说一点话，但现在如果能听到她的声音我们什么都愿意付出。

我也想说话，我有一些可以回应她的话，但想回应她是不可能的，或是很困难的。她不会让我回应，或是我需要强行插入进一场谈话里。

我希望我们再试一试——我希望她能回来，再来看我。我认为我会更平静。我会很高兴看到她，但事情不是这样的。要是她回来了，她就会回来不止一小会儿，可能我终究还是不知道要怎么办，可能我不会比上次见到她时表现得更好。不过，我还是想试上一试。

另外一份礼物是关于濒危动物的棋盘游戏。棋盘游戏——又是那种乐观主义了。或者她是在做我们的母亲会做的事——给我某件需要另一个人一起来玩的东西,这样我就会将另一个人带进我的生活了。事实上我认识不少人,甚至有在旅途上认识的人。大多数人基本上很友好。当然我确实是一个人住,我只是觉得这样更舒服,我喜欢以我自己的方式安排一切。但拥有一盒棋盘游戏并不会鼓励我带人回家和我一起玩。

这一天的车里并没有很多人,但还是比我预料的要多。我想当然地认为他们是要去一个惬意舒适的地方,那里有人在等着他们,有吃的和喝的,比如香肠和蛋奶酒。但这也许不是真的。他们可能也是这么看我的——如果他们会对我有什么看法的话。

他们中那些不是去什么特别处所的人可能是高兴的,虽然这有点难以令人相信,因为你被教导要去那样感受,其实是被所有的吹捧、所有的广告以及你的朋友们说的话教导,他们说你应该去一个特别的地方,和你的家人或朋友在一起。如果不是的话,你会开始又有那种被孤立的感觉,另一种你小时候体会到的感觉,可能是在学校里,与此同时你学会在看到那些包好的礼物时变得兴奋起来,不管你最后会在里面发现什么,或许不是你想要的。

我不像从前那么快乐了，我知道。我的一个朋友谈起了它，在那个夏天我同时失去了他们两个后，中间间隔了三周：他说，你的悲痛会散布到你生活的各种不同领域。你的悲痛会变成抑郁。一段时间后你就什么都不想做了。你不想被任何事打扰。

另一个朋友——在我告诉他后，他说："我不知道你有一个姐姐。"多么奇怪啊。在他发现我有一个姐姐时，我已经不再有姐姐了。

开始下雨了，小小的雨点斜着刮过玻璃窗。玻璃上挂着水条和水珠。外面的天空很暗，而车里的光——顶光和座位上小阅读灯的光，显得要更亮。我们正在经过农场。外面没有晾着衣服，但我能看到在后门廊和谷仓之间拉着的晾衣绳。轨道的两边都有农场，农场之间隔得很远，筒仓在地面上分布得很远，农舍围在它们周围，就好像是远处他们的小村里的教堂一样。

有时候这种悲痛就在附近，在等着，只不过刚刚被控制住了，我可以无视它一会儿。但另一些时候它就像一只已经满了并且不断溢出水来的杯子。

有一段时间，我很难在思想中或说话时将他们彼此分开。有那么一阵子，虽然现在不是这样了，他们在我脑海中总是连在一起的，因为他们去世的时间隔得那么近。我很难不去想象她是在哪里等着他，而他正走过来。我们甚至会为此感到安慰——我们想象她会照顾他，不管他们在哪里。她更年轻，也比他更警觉。她个子更高，更强壮。但他会高兴吗，还是他会觉得烦？他更希望是独自一人吗？

我甚至不知道在他快要去世的时候他是不是希望我待在他的床边。我会坐巴士去他和我母亲居住的城市，去陪着他。对他来说已经没有康复的希望了，也不可能回到他之前的状态，因为他们已经不再让他进食了。他不能说话，听不见，甚至也看不见了，所以你没办法知道他想要的是什么。他看起来不像他自己。他的眼睛是半睁着的，但它们什么也看不见。他的嘴是半张着的。他的牙齿都没了。有一次我在他的下唇放了一小块湿海绵，因为它很干，他的嘴巴突然合起来夹住了它。

你觉得你应该坐在濒死的那个人身边，你觉得这对他们一定是一种安慰。但在他活着的时候，当我们流连于餐桌边或是在客厅里说着笑着的时候，一段时间后他总是会站起身离开我们，回到他自己的房间。之后，当他在洗碗时，他会说不用，他不需要任何人帮忙。就算在我们去养老院看他时，一两个小时后他也会要求我们离开。

后来我们的母亲去看了一位通灵师，在他们都去世后，她想知道她能否和他们取得联系。她不是真的相信那种事情，但她的某位朋友推荐了这位通灵师，她觉得这可能会很有趣而且试一试也不坏，所以她去见了她，向她说起了他们的事情，并让她去试着和他们沟通。

女人说她两个人都联系上了。我们的父亲是友好而合作的,虽然他话不多,并且闪烁其词,说他"还行"。我母亲认为在她们费了这些麻烦联系他后,他应该说得更多。但我们的姐姐转过了身,并且生气了,她不想跟这件事有任何关系。我们对此很感兴趣,虽然我们很难相信它。我们觉得至少通灵师对此是相信的,并认为她有了这种经验。

这两种悲痛是不同的。其中一种,对他的那种,是对一种在正确时候到来的终结的悲痛,它是事物的自然法则。而另外一种,对于她的那种,是对于一种突如其来的过早的终结的悲痛。她和我刚刚开始一种好的交往——现在它再也无法继续下去了。她刚刚在我们附近租了一套房子,所以我们可以更常看到她了。她人生的不同的阶段才刚刚开始。

多么奇怪啊,当你透过火车车窗看事物时它们看起来的样子。我对此从不会厌倦。刚刚我在河里看见了一个沙洲,小小的,上面长着一片小树林,我准备将它看得更仔细些,因为我喜欢沙洲,但当我转开头一小会后再回头看时它已经不见了。现在我们又在经过一些树林了。现在树林已经过去了,我又能看见河和远处的山了。铁轨附近的东西闪得那么快,而中等距离的事物会后退得更平稳安静,更远距离的东西则保持静止,又或者有时候它们看起来像是在前进，仅仅是因为中景中的事物在后退。

事实上，就算远处的事物看起来像是静止甚至是前进了一点点的，它们还是在缓慢后退。远处山顶上的树在我们的视野里还待了一阵子，但当我再去看时，它们已经在我们身后了，虽然离得不是很远。

我一直在注意些事情，在她死后以及他死后的几天里：一只飞起的白鸟似乎意味着什么，或是一只在附近栖停下来的鸟。三只落在树枝上的乌鸦意味着什么。在他死后的三天，我从一个关于极乐世界的梦中醒过来，就好像他去了那里，就好像他是在我们周围盘旋了一阵子，盘旋了三天，甚至是悬浮在我们母亲的客厅里，然后他去了乐土，在他最终会去并留下的不管什么地方之前。

我想要相信这些，我极力试图相信这些。不管怎么样，我们不知道会发生什么。这是多么奇怪的事啊——在你死去后，你确实会得到答案，如果你还能知道什么的话。但不管答案是什么，你无法和那些还活着的人交流了。在你死去之前，你无法知道在死后我们是否会以某种方式继续生存，还是说一切都会终结。

这有点像那天那个商店里的女人对我说的。我们在谈论我们的母亲喜欢重复的说法——"人各有所喜"，或是"他们是好意"。她说她的母亲是一位基督徒，并且非常虔诚，相信人的灵魂会有来世。但这个女人自己不是信徒，会轻微地嘲笑她的母亲。每当这个时候，她的母亲会带着好意的微笑对她说：在我们死后，我们当中有一个会非常惊讶！

我们的父亲相信一切都在人的身体里，特别是大脑里，一切都是生理性的——思想、灵魂、我们的感情。他曾说他见过一场事故后一个男人涂在车道里的柏油路上的脑子。他将车停在了路边，下车去看了。我姐姐那时还是一个小女孩。他让她在车里等他。等身体不再存活的时候，他说，一切都结束了。但我对此不是那么确定。

有一天晚上快要入睡时，我感到一阵恐惧—— 一个突如其来的问题让我醒了过来。她现在去了哪里？我强烈地感觉到她正在去往某处，或是去了某处，而不仅仅是停止了存在。就像他一样，她也在附近停留了一阵子，然后她就走了——去了下方，也许，但同时也是远方，就好比是去了海上。

一开始，在她还活着但快要死了的时候，我一直在想她怎么样了。我没有听到太多消息。不过他们说过的一件事是在她的条件反射变差的时候，根据医生的话来说，她会朝向夹或刺她的东西移过去而不是转开。我觉得这意味着她的身体想要那种痛感，她想要感受到什么。我觉得这意味着她想活下去。

在她死后的大约第五天我还做了一个长长的、阴暗的梦。我大概是在她的葬礼正在举行或是刚刚结束后做的这个梦。在梦里，我在一个类似体育场的地方从一层楼梯平台往下一层走，平台比台阶要更宽更深，我往下走到了一个大而深的、高屋顶的、装饰得很华丽的房间，或者说大厅——我的印象中里面有着暗色的家具、华丽的装饰，它是一个用来举办仪式的大厅，而不是日常使用的。我手里举着一只紧绕着我大拇指的伸出去的灯笼，里面燃烧着小小的火苗。这是那个巨大的空间里唯一的照明，一朵不断颤抖晃动的火苗，甚至还灭掉或就快要灭掉过一两次。我担心在我下去的时候，在我带着极大的困难往下走的时候，因为平台那么宽那么深所以很难跨越，火光会灭掉，我会被留在那一大片黑暗里，在那个黑暗的大厅里。我进去时的门在我上方很远，要是我喊叫，没有人会听到我。没有灯我无法爬上那些很难爬的台阶。

我后来意识到了，因为我从梦中醒来的日期和时辰，我很可能是在她火化的时候做的这个梦。我的哥哥告诉我，火化会紧接着葬礼之后开始，他还告诉我葬礼已经结束了。我觉得晃动的火苗是她的生命，在她紧紧抓着它的那最后几天。那些通向底下大厅的很难爬的台阶是她衰亡时的不同阶段，一天又一天。那个阔大而华丽的大厅可能是死亡本身，因为它所有的仪式感，在它在前方或下方等着的时候。

我们之后面临的奇怪的问题是要不要告诉我们的父亲。那时候我们的父亲神志已经不清楚了，他对许多事情感到困惑。我们会推着他在养老院的走廊里来来回回地走。他喜欢对其他住户笑着或点头打个招呼。我们会在他房间的门边停下来。在6月里，在他生命的最后一年，他看着门上的"生日快乐"标语，挥了挥他长而苍白的、满是斑点的手，问了我一个关于它的问题。他不再能够清晰地表述自己了。除非你一生都在听他说话，你不会知道他在说什么。他在为这个标语感到惊奇，在笑着。他大概是在想他们是怎么知道他的生日是哪一天的。

他还是认得我们，但有很多事情他已经不理解了。他活不太长了，但那时我们不知道余下的时间是那么少。我们觉得让他知道她已经死了很重要——她是他的女儿，虽然其实是继女。不过，他会明白吗，如果我们告诉了他？而且它不会让他很痛苦吗，如果他确实明白了的话？又或者他会同时有这两种反应——他可能会理解我们所说的部分的话，但会因为我们对他所说的以及他无法完全理解它而极为痛苦。他最后的日子应该充满痛苦与哀恸吗？

但另一种做法似乎也是错的——如果在他生命结束时他不知道这件重要的事，不知道他的女儿已经死去了的话。它是错的是因为他曾是我们这个小家庭的首领，他和我们的母亲会去做最重要的那些家庭决定，他会在我们出游的时候开车，在我们的姐姐十几岁的时候会帮助她做作业，在她上学的第一年每天早上会陪她走路去学校，在我们的母亲休息或工作的时候，他会拒绝或同意一些事情，会在晚餐餐桌上讲笑话逗她和她的小伙伴们笑，他有好几个星期在后院里忙着搭建一个游戏房——如果我们不尊重他，不告诉他他的家里发生了一件这么重要的事的话就会是错的。

他剩下的时间是那么少，我们会是决定他生命的最后时日某些事的人——他死去前会不会知道某件事。现在我已经不确定我们是怎么做的了，那是太多年以前的事了。这也许意味着没有发生太过戏剧化的事。也许我们确实告诉他了，出于一种责任感，但是是快速而紧张地告诉他的，不想让他明白，也许他的脸上有一种不理解的表情，因为这件事发生得太快了。但我不知道这是我记得的还是我捏造出来的。

在她最后某次来看我时，她给了我一件红色的毛衣，一件红衬衫，还有一只用来烤面包的圆形陶片。她拍了一张我穿着那件红毛衣和那件红衬衫的照片。我想她送给我的最后的礼物是那些背上穿孔的小小的白色海豹。它们里面装着炭，是用来吸除异味的。你可以把它们放在冰箱里。我猜她是觉得因为我一个人住，我的冰箱会受到忽视所以会有怪味，又或许她觉得所有人都可能会需要它们。

她是什么时候留下那罐塔塔酱的呢？你不会觉得有人会对像一罐塔塔酱这样的东西产生感情。但我猜你也是可以的——我不想把它扔掉，因为是她留下来的。把它扔掉就意味着这些日子可以过去了，时间向前推进了，把她扔在了外面。就好像我很难接受新的月份，也就是 7 月的开始一样，因为她再也不会体验到这个新月份了。然后 8 月到来了，然后它也走了。

好吧，这些海豹对我是有用的，至少在七年前是有用的。我确实把它们放在了我的冰箱里，虽然只是在某个架子的后面，这样我就不用在每次开门的时候都看到它们快乐的小脸和黑色的眼睛。我甚至搬家的时候也带上了它们。

我怀疑它们已经不能吸收什么味道了，在这么久之后。但它们不占什么地方，而且冰箱里本来也没有什么东西。我喜欢它们在那里，因为会让我想到她。要是我弯下腰移动一些东西，我会在光下看到它们，那光是从上面那层架上洒出来的干掉的东西中透射过来的。一共有两只。它们的脸上涂着黑色的笑容。或至少是脸上涂了一条看上去像是笑容的线条。

但说真的，成年以后我唯一想要的礼物只是工作用的东西，比如一本参考书。或是某种老旧的东西。

现在餐车里传来了很多声响——人们在笑。他们那里会卖酒。我从未在火车上买过酒——我喜欢喝酒，但不是在这里。我哥哥过去有时会在火车上喝酒，在他去看我们的母亲时回家的路上。他有一次是这么和我说的。今年他在阿卡普尔科——他喜欢墨西哥。

我们还有几个小时的路要走。外面已经黑了。我很高兴在经过农场时天还亮着。也许餐车里有一大家人，或是一个去外地开会的团体。我老是会看到他们。或是去看体育比赛的人。好吧，这其实说不太通，不是今天。现在有人正朝这边走过来，正盯着我看。她微微笑着——但她看起来有点尴尬。现在又要怎样？她摇晃着。哦，是一场派对。那是一场派对——在餐车里，她对我说。所有人都被邀请了。

05

学习中世纪历史

萨拉森人是奥斯曼人吗?
不是,萨拉森人是摩尔人。
奥斯曼人是土耳其人。

06

我的校友

来自福楼拜的故事

上个礼拜日我去了植物园。那儿,在特里亚农园,是那个古怪的英国人卡尔弗特从前居住的地方。他在那儿种玫瑰,然后会把它们运到英国去。他还种了一些非常稀有的大丽花。他有一个女儿,过去经常和我的一个叫巴伯莱的朋友鬼混。因为她,巴伯莱自杀了。他当时17岁。他用一把手枪杀死了自己。我在大风中穿过一块沙地,然后看到了卡尔弗特的房子,他女儿过去住过的地方。她现在在哪里呢?他们在房子附近建了一个温室,里面有棕榈树,还在旁边建了一个讲座教室,园丁们可以在里面学习关于嫁接、修剪和整枝的技能——所有他们需要知道的如何养活一棵树的知识!谁还会想到巴伯莱呢——那样爱着那个英国女孩的男孩?谁还会记得我那充满激情的朋友呢?

07

钢琴课

我和我的朋友克里斯汀在一起。我已经很久没见过她了,也许有十七年。我们聊到了音乐,我们约好等我们再见面的时候她会给我上一节钢琴课。为了准备上这节课,她说,我得选择一首巴洛克曲目、一首古典曲目、一首浪漫主义曲目、一首现代主义曲目,并加以学习。她的严肃和练习题的难度让我深受震动。我准备去学。我们将会在一年后上课,她说。她会来我家。不过,后来她告诉我她不确定她是否会回到这个国家。也许,我们会在意大利上课吧。或者要是不在意大利,那么当然就在卡萨布兰卡。

梦

08

大房子里的小学生

我住在一幢非常大的房子里,有一个仓库或歌剧院那么大。我一个人住在那里。现在来了一些小学生。我看到他们迈着小小的腿快速走进前门,所以,带着一丝恐惧,我问道:"是谁,是谁?"他们不回答。这个班级很大——全都是男孩,有两名教师。他们一齐涌进了房子后面的画室里。画室的房顶有两三层楼那么高。其中一面墙上画着深肤色人脸的壁画。男孩们挤在画前,充满惊奇,指点着,交谈着。对面的墙上还有一幅壁画,画的是绿色和蓝色的花。只有几个男孩在看这幅画。

这个班级想在这里过夜,因为他们没有钱住旅馆。他们的家乡就不能为这次出行筹点钱吗?我问其中一位老师。不能,他忧伤地说,脸上带着笑,他们不愿意出钱是因为他,这位老师,是同性恋。说完这句话,他转过身来,轻轻地挽住了另一位老师的胳膊。

后来,我还是和这些小学生在同一幢房子里,但它已经不再是我的家了,又或者说我对它不熟悉。我问一个男孩卫生间在哪儿,他带我去了一间——那是一个很漂亮的卫生间,里面设施古老,墙面上镶着木饰板。当我坐在马桶上时,房间往上升了起来——因为它也是一座电梯。在冲水的时候,我短暂地思索着,这种情况下抽水系统要怎么运作,然后我猜这一点已经被解决了。

梦

09

句子和年轻人

一个句子暴露在公众面前,在一个敞开的垃圾桶里。是一个不合语法的句子"Who sing !?!"[1]。我们站在阴暗的拱形门洞里偷偷看着它。我们看到一个年轻人几次经过了垃圾桶,好奇地看着那个句子。我们会站在原地,为他随时可能会快速将它拿起改好而感到担心。

梦

---

[1] 此处动词"sing"应为第三人称单数形式"sings"或现在进行时"who is singing"。

10

莫莉，母猫：历史 / 发现

描述：绝育的母猫，三花猫

历史：在早春的马路边被发现，蜷缩在雪堆旁

  被收养时的年龄，约 3 岁

  很可能是被前主人抛弃的

  第一周被关在了卫生间里

  在新家时第一周拒绝进食，但在被关的地方常在玩耍

皮肤 / 毛发：脖子处发炎 / 受了刺激

寄生虫：发现了跳蚤卵

  收养后被允许去户外活动

  会在菜园里陪伴主人

鼻子 / 喉咙：无可见损伤

  进食良好，吃干粮

  会逮小鸟，但无法抓住大只的蓝松鸦

坏掉的牙：右上方的犬齿

牙病等级：5 级中的 2—3 级

  家里还有两只猫，它们都在大房子里到处跑动

  不和别的猫玩

眼睛：无可见损伤

胃：正常范围内

  在其他猫面前不和主人玩，但会在卫生间里和主人玩

淋巴结：正常

心脏：正常范围内

  对主人很亲热，被摸时会打呼噜，闭上眼睛

  被抱起时会用腿抱着主人的胳膊

泌尿系统：正常范围内

  每天 2—3 次会不当地在家里地板上撒尿

  情况越来越坏，那摊尿在变大

耳朵：无可见损伤

后背处有微弱皮肤筋膜问题，骶骨处更严重

  被摸到尾巴前面时会叫

  有时撒尿前或撒尿后会叫

  有时睡觉起来会叫

腹部：无可见损伤

神经系统：正常范围内

体重：8.75 磅

理想体重：8.75 磅

  不用猫砂盆——会在猫砂盆旁边的地板上大便

  身上可能有跳蚤

疼痛指数：10 分制中的 3 分（骶骨处）

  能忍受兽医检查，紧张但无敌意

脉搏：180

总体身体状态指数：5 分制中的 3 分

更新：

  在室内时会在地板上撒大泡的尿

  不管天气多恶劣都要去户外

  炎热的春日中午无法被找到

  傍晚在松树下被发现，喘着气，身上都是苍蝇

  被带进室内，放在凉水淋浴间里躺倒

  停止喘气，呼吸恢复正常

  几小时后死去

  死亡时的年龄，约 11 岁

11

给基金会的信

亲爱的弗兰克及基金会成员：

　　直到现在我才把这封信写完，虽然从多年前的 9 月 29 日接到你们那通重要的电话时我立刻就开始在脑子里给你写信了。在最开始的几天里，我是记得你对我的一些指示的——你说我只能把消息告诉两个人，如果有校园记者联系我的话，我应该对其保持友好，而且我应该叫你弗兰克。我没想要坐下来写信给你，因为你没有特别指示我应该这样做。

　　我想你确实说过你好奇我获得这个奖金的感受，但可能我现在已经把你说的话和另一个人对我说的话弄混了，他问我能否向他描述一下得奖的感受。不管怎样，不管你有没有让我描述，我都准备这么做。

　　弗兰克，我当时立刻就和你说了，我想给你写一封感谢信。你说我完全不用。我说我还是想写。你笑了，然后说，对啊，你是一名学者和文学老师，你大概有很多话要说。

问题是，我是一个诚实不说谎的人，但我不知道在写给基金会的信中我可以多诚实。不管怎么说，我不想告诉你那些你不想听的事。比如，我不认为你想听我说在受奖金资助期间我不想工作。

一开始我不相信我得了这个奖。在一段长得令人吃惊的时间里，我都不相信这件事。我已经太习惯没得这个奖了。我知道它。在我们学校我们系，这个奖叫作"两年奖"。我认识一些得过这个奖的学者。我想得这个奖很多年了。我看着其他人得奖，而我自己没有得奖：我只是那些成百上千个渴望得到这样一个奖的学者之一，为了能够至少短暂地从他们被分派的生活和工作中被拯救出来——繁重的课程，持续不断的疲惫感，永无止境的办公室时间，办公室里忽明忽暗的日光灯，教室地毯上的污渍，诸如此类。我在内心深处已经习惯了我是被你们基金会忽视、拒绝的人之一，在基金会的眼中，我们不应该得这个奖，不如其他一些人更有资格得这个奖。我因此不太相信我是那些被拯救的人之一，或者说我很缓慢地才开始相信，在其他人的提醒之下，一段时间后这些提醒也显得不真实了。"为你高兴！"我的一个同事会说，"你现在的打算是什么？"

我就像一个失忆的人，她接受别人告诉她她的人生是什么样子的，但她自己一点儿都不记得。因为她什么都不记得，她就无法深信它，但她必须接受它并且习惯它，因为有那么多人一遍又一遍地告诉她同样的事实。

我会为你重构那段经历，既然你问了。

基金会打电话过来的时候刚过早上9点钟。

我正准备去城市。因为要接你们的电话，我停下了我在做的事。一开始，我以为你们是为了别的原因打电话的。但是同时，我又在想如果是为了别的任何事，你们都不会在早上9点给我打电话——你们会写信。和我通电话的第一个人是一个害羞的、温柔的女人，她的声音很轻。她告诉了我这个好消息，然后对我说我应该马上给基金会的另一个人打电话，他可能在也可能不在他的办公室里。

与此同时，就在和她通话、听着这个好消息的时候，我还在担心我可能会错过我要坐的巴士。我不能错过那班巴士，因为我在我住的地方南边的那个城市里有一个约会。我打给了另外那个人，那个男人，他在办公室，这让我松了一口气。我觉得这个人很可能就是你，虽然现在，这么多年过去了，我已经不确定了。他开始开我玩笑。他想让我觉得我误解了那个温柔的女人的话，我其实没有得这个奖。他一定知道我会知道他是在和我开玩笑，他也一定知道我会对他和我开玩笑这一点感到惊讶，甚至有一点担心，虽然我不知道我究竟为什么需要担心。我后来在想在他说起这个好消息时,我是不是他唯一一会开玩笑的人,但因为我无法相信这一点,我必须去相信你们惯于和给你们打电话的人开玩笑——如果接电话的人是你的话,当然。

我在和他,或者和你说话,在你似乎还愿意让我说下去的时候。就是在那个时候你给了指示。你让我叫你弗兰克。在那个时候,我愿意做任何你似乎想让我做的事,因为我害怕如果那时候我不小心,我会把一切都毁了,那个奖也会消失。这是一种本能的反应,不是理性的反应。谈话结束后,我立刻去赶巴士了。

我是很高兴的,当然——在去城市的路上我一直在想这个奖。同时,这是第一次我能够观察我的大脑是怎样适应一种突如其来的新状况的:一次又一次,我发现我自己在以惯常的方式考虑问题,然后我告诉自己,不对,现在情况不一样了。当这种事发生了足够多次以后,我的大脑终于开始适应新情况了。

那天晚些时候,我一个人在公共图书馆旁边的一家餐厅吃午饭。我点了半个三明治和一份汤,花费7美元。在女服务生离开后,我还在想着那个菜单,因为,实话说我更想吃一种我很喜欢的标价11美元的沙拉。然后我意识到:我可以吃得起这份沙拉!但我马上又想到:不行!小心点!如果从今以后你要在过去为每件事花的钱的基础上再多花一半的钱,很快你就会没钱了!

我感到了无比的轻松。我想告诉基金会这种巨大的轻松。但那时我又想这对你们是显而易见的。你大概会从每一个你们资助的人那里听到这样的话。但每个人都会告诉你吗，还是有些人是非常沉默的，或是非常就事论事的？他们是非常实际的吗，他们会立刻计划要怎么用这些钱吗？有些人甚至会不觉得轻松吗，虽然他们是快乐而兴奋的，或是甚至都不会快乐兴奋？不管怎么说，我想要告诉基金会。我想要告诉你现在一切都好了——我不用再担心了。

我想要告诉你在我的整个成人生活中，从21岁开始，我都在担心怎样赚到足够下一年花的钱，有时就是下个礼拜。在我还年轻的时候，甚至在我更年长些时，我的父母有时会给我寄一小笔钱帮助我，但这种负担是我的，是我的责任，我知道，而我下一年的收入总是不稳定的。有时候我很害怕因为我身上的钱是那么少，而且我不知道可以怎么多赚一点钱。这种担心会是一种心理反应，我能在我胃里的一个空洞里感觉到。它会突然袭击我：我该怎么办啊？有一次我一点钱都没有了，除了一个朋友欠我的13美元。我不想和她说要她还钱，但我还是说了。更重要的是，我想告诉你现在我不需要再做我之前在做的那种对我很艰难的工作了。我说的是教书。

教书对我来说一直很难。有时候它甚至是灾难性的。我不害怕艰难的工作，我习惯那些工作，但这种特定的工作，我在从事的这种教学工作，是摧残灵魂、几乎让人丧失行动能力的。我接到电话的前一年尤其艰难，还有接到电话的那一年。在那些日子里,我想哭,我想叫,我想绞着手向人抱怨,我也确实对一些人抱怨了,但我不能哭,也不能抱怨得像我想要抱怨的那么多。有些人听着,尝试帮助我,但是他们永远不能听得足够久;谈话总是要结束的。我通常是一个情感不外露的人。在基金会打电话的时候,我还在教学期间内,但那通电话之后,情况有了极大的不同,我觉得我不会再教下去了。我还有两个月,我想,之后我就不教了,也许永远不教了。

我总是坐车去大学,在那些早晨,我希望会发生一些能拯救我的事,或者会发生某种小灾难,没人会因此受伤,或至少是严重受伤,而它会让我不需要去上课了。

我的教学日就是这样开始的。我会坐公共巴士从我的镇上去一小时车程以北的那个小城市,大学所在的城市。我不会开车去,虽然我可以。我不想在教学日担负额外的责任。我不愿意去想操控汽车的事。

我安静地坐在车上看着窗外,巴士将我轻轻地从一边甩到另一边,当它加速时会将我按进座位里,或是在经过减速带时将我轻快地弹起来。我喜欢巴士甩动我的方式。我不喜欢在我头脑里播放的歌。它总是先在我头脑里播放一会儿我才会意识到它。那不是一首欢乐的歌。那是一首无聊重复的歌,经常会在我脑中响起,我也不知道为什么:它是《墨西哥草帽舞》。

我还想告诉你得到消息的时候我也快要没钱了。那是那几年我银行账户里钱最少的时候，虽然春天里我会得到几份小活。现在我终于要有足够的钱了，那要感谢你们，如果我不会先死掉的话。

这些钱会够我生活，甚至还有余钱让我去买一些我一直想买或需要的东西。我可以去买一副新眼镜，一副更好看的眼镜，虽然想要买到好看的眼镜总是很难。我晚饭可以吃更贵的东西了。但一旦我开始想我用这些富余的钱可能会买的东西时，我就会羞愧或难为情——因为虽然有一副新眼镜或吃一顿好晚餐会很好，但它们并不真的必要，而我可以允许我自己买多少这些并不真正必需的东西呢？

现在一件奇怪的事发生了。我有时候会觉得我离开了我的生活，就好像是在它的上方飘浮，或是站在它近旁一样。这种飘浮的感觉可能是因为我觉得我将不再和任何事物或太多事物联系在一起了：我觉得我将不再和我的教学工作联系在一起了，我还觉得我将不再被其他或大或小的工作的许多条款约束起来了，它们可能会让我赚到4000美元，或3000，或2000，供我生活三个月，或两个月，一个月。我正飘浮起来，望着更远的地方，眼前看到的视界也更宽广一些了。

系里为我获得奖金办了一场庆祝晚会。这不是一个特别大的奖，但系里喜欢对教员的任何成就大肆吹嘘。他们想让学校管理层知道教员的成就，然后对系里产生好印象。现在，系里，也许还有大学，比从前更重视我了，但我现在却想要离开这所大学。事实上，我已经在秘密计划离开了。我会和它断绝一切联系，或联系越少越好。

但原来我无法停止教书。有一段时间我并不知道这一点。

我不总是一个坏教师。我在教学上遇到的困难是复杂的，对此我想了很多：这可能是因为，首先，总的来说我缺乏条理，再加上过度备课，加上怯场，加上，在教室里的时候，对想法表述不清且存在感很弱。我很难直视学生的眼睛。我说话含混，解释不清楚问题。我不喜欢用黑板。

我不喜欢用黑板是因为我不喜欢背对着课堂。我担心如果转过背去，学生们会借机开始说话或是开始看别的课的笔记，或更糟糕，他们会盯着我的后背，并且绝对不会是带着欣赏去看。去年一整年我都没有用黑板。今年我开始用了。当我用黑板时，我是那么着急、不舒服，我的字写得很差，我的字写得又小又轻，很难看清。

这是我工作的方式：我会尽可能长时间地避免去想我的课。然后，当剩下的时间不多的时候，或许只有一天或一个晚上时，我开始准备。不幸的是，在准备的时候，我同时开始想象它。在想象中，我会变得对教室和学生极其恐惧，我会僵住，不再能够清楚地思考。有时我能够控制住我的恐慌——我会抑制住它，或是说服我自己不再害怕——然后，一次几分钟甚至半个小时吧，我能够以一种正常的方式准备这节课。然后恐慌又开始了，我不再能够思考。每一种准备方式似乎都是错的，我觉得我一无所知，我没有任何东西可以教给别人。准备得越艰难，我就变得越害怕，因为时间在流逝，上课的时间变得越来越近了。

我提到的那种感觉，那种剥离了我的生活的感觉，我想象就像是一个人得知她生了一种致命的病的感觉。同时却有一种更清晰的视力——这一点在一个人将要死去时可能也会发生。我觉得发生变化的不是我，而是我周围的一切。一切都变得更锐利，更清晰，更近了，就好像过去我一次能看到的只是一小点东西，而不是全部，又或者是全部但却是被遮蔽或模糊的。是什么在妨碍我的视线？在我和世界之间有一层屏障吗，还是说我戴上了一种让我的视域变窄的眼罩，只能向前看？我是到现在才意识到这一点的——就是说我一定是习惯于不看到四周。这不是说我将一切看成理所当然，而是说我无法同时看到一切。为什么？是因为这样我就不会受到诱惑去做那些我没有时间或金钱去做的事吗，还是说为了让我对那些太令人分心的事想都不要去想？我必须忽视世界上的那么多事情，让我自己不去想它们而是专注于手头的事物，不管那是什么。我无法纵容我的思绪随意去往它想去的地方。

现在一切都不同了——就好像我回到了地球，又开始观察它了一样。是说一切都变得更美了吗？不，不完全是。也许它们只是更像自己，更完全，更有生命力了。这就是事物在那些有过濒死经验然后又活过来的人眼中的样子吗？

我一直知道我习惯于从汽车或巴士窗外渴望地看着我从未去过的远方，那些我想去但却去不了的地方——在我住过的一个地方，那是一幢古老破旧的加利福尼亚式农场小屋，在一块杂草丛生的田野对面，一片桉树和棕榈树之间。通向它的是一条长长的、蜿蜒的土路。

这些日子在去大学的路上我看的东西十分相似：那是一座带有外屋的老旧的农家房屋，周围环着树，在高速路和房子之间有一片田野。那是一幢非常简单、样式古老的房子，树木也是一些简单高大的遮阴树木。

我过去一直觉得这些地方必须停留在这样的距离之外，我应该渴望着它们，它们近乎是想象中的，我永远都不会去探访它们。现在，一段时间以来，因为我感觉我是处于我的生活之外的，我觉得我可以去探访它们了。

但是同时，我觉得我和陌生人之间更亲近了。就好像过去隔在我和他们之间的某种东西被拿走了。我不知道这一点是否和我感觉不再在自己的生活之中了有关。我猜"我自己的生活"指的是我觉得我惯常的那些担忧、计划和限制都不在了。我注意到这种和陌生人的亲近感在巴士站时更强烈，那是我常常会见到一大群陌生人的地方，我有时会看着他们长达一小时甚至两小时之久，比如我坐在咖啡馆里写信，或看学生论文等着回家的晚班巴士的时候。

我必须要说一旦课程开始了，那种紧张就远不像之前的那几个小时么糟糕了，尤其是上课之前的十到二十分钟。最坏的时候是那个最后的时候，在我的办公室里，我从椅子上起来，拿起公文包，打开门的时候。只需要五分钟，在我必须走出办公室之前的五分钟，都足够给我提供一点点获得保护的感觉，虽然这五分钟短得近乎无用。但十分钟一定足够用来在最后一分钟之前保护我了。

我现在应该知道课一旦开始了，这一个小时本身并没有之前的十分钟或二十分钟那么糟糕，尤其是最后那一分钟。如果我真的知道那一个小时不会那么糟糕，我也许就不会害怕它了，那么当然它之前的十分钟或二十分钟就不会那么糟糕了。然而，到目前为止我似乎都没有办法在这一点上说服我自己。而且，当然了，有时候它确实是很糟糕。

比方说，有一次课堂讨论失去了控制，一些学生对某一类人说出了侮辱性的话，因为我不知道怎么快速地止住他们，这些话可能给人感觉是获得了我的认可甚至是鼓励的。随着讨论的继续，有一些其他学生，包括我自己在内，变得越来越不舒服了。一个更老练的教师会扩大讨论议题并将它拯救出来，比如将它变成关于对一概而论的危害与好处这一话题的讨论。但在当时我想不到任何办法引导这种讨论,课程在一种不好的感觉中结束了。后来,在家里,我想到了一些聪明有用的办法,但为时已晚。我对下一堂课害怕极了,害怕到时会弥漫的恶劣氛围。我对下一堂课的估计并没有错。

课堂上并不会经常发生这种不幸的事。更常有的是一些尴尬的瞬间。比如有时我说话时会停顿,这不是因为我正在捕捉某个最准确的词汇或形象,而是因为我忘掉了我的思路,需要找到一个说得通的总结。当我停顿时,学生们就会变得尤其入迷。他们对我苦苦思索下一句要说什么比我不停流利地说下去要感兴趣得多。然后,他们越是盯着我看,等着听我接下去要说什么,我就越不知道要说什么了。我担心我会完全僵在那里。我必须随机应变,掩饰我其实已经差不多僵住了,强迫我自己找到某种结论,至少是一个暂时的结论。但这时他们就失去兴趣了。

但我在教室里害怕的不仅是那些我不懂救场的糟糕的时候或我感觉不称职的尴尬的时候。我害怕的是一种更大的东西。我不想成为一大群学生注意力的中心,他们在等着看我下一步要做和说什么。这是一场太不对等的竞赛。一边的人数太多了,成排地,盯着前面孤零零的一个人看。我的脸似乎都变了。它变得更脆弱了,因为它不是被仁慈的眼光看着的,就像一个朋友或熟人会做的那样,甚至只是在商店或银行柜台对面的人,它是被批评性地看着的,就好像它是某种外来物体。学生们越无聊,我的脸和身体就越会被当作外来物体一样批判地审视。我知道这一点因为我曾经也是学生。

第一堂课对我来说确实不像后面的那些那么困难,因为要做的事太多了,那些事我完全能做好。我会点名,我对他们解释课程大纲和我对他们的期待。我不介意把我的列表和复印的材料翻来翻去,因为在第一天大多数教师都是这么做的。我做出一个有能力的教师的姿态,而在第一堂课的时间里,他们会相信我。我受益于他们有过那么多老师这一点,那么多有能力或至少是自信和权威的老师——所以我能够扮演一个自信乃至权威的老师,他们会相信。我有时候很会扮演某个角色,我能在一段时间内让他们相信我。

课堂上也有一些好时候。有时候讨论是有趣的,学生们似乎感到意外,并积极参与。有一堂课很罕见地从头到尾都非常好。我确实是喜欢这些学生的——至少是大多数,尽管不是全部。我一直都喜欢他们,也许是因为他们要靠我给他们一个好分数,所以他们总是会向我展示最和悦的脸孔,最好的性情。

我确实是喜欢读他们写的东西的。每个礼拜都会有一沓新的作文,大多数至少打印得很整齐,我总是可以期待从中发现一些闪光的东西。而且里面确实总是有一些好东西,偶尔会有一些东西，一个想法或至少是一个句子或一个词，是非常好的。最令人兴奋的是一个不太出色的学生突然写出了非常优秀的东西。事实上，阅读学生作业和在上面写批语是教学中我最喜欢的部分，部分是因为我是在家里，独自一人，通常是躺在床上或沙发上完成它。

但这些好时候和几节成功的课远远少于那些困难的时候。

在我最初得到这个奖金的消息时，我梦想着我会不再教书，终于离开书房，转而进入公共生活。我甚至想到要参加竞选，虽然不是竞选一个很高的职位——大概是学校的理事会或镇计划委员会。然后我又想我是否真的会从事任何公共性工作。也许我最好还是继续将大部分时间花在我的书房里。或者我会待在书房里，但我会在那里为一份本地报纸撰写一个专栏。

后来我想也许我必须将这些不同的阶段都好好经历一遍，然后我最终会恢复到某种正常的状态。也许这不过就是我真正想要的——拥有和过去一样的感受，做着和过去一样的事情，唯一的不同是现在我的时间多了一点，工作少了一点，对我自己的评价也高了那么一点点。

我本人读的大学，我的母校，在我毕业后从未和我联系过，甚至没有为他们的校友杂志询问过我的消息或向我要过钱。然后，就在一份学术简报上刊出我得奖的消息后，校长本人写信来祝贺我了。她说他们会给我寄一封信，邀请我下一年春天去学校做一次演讲。我等着，但没有收到信。我写了一封短信去询问，但是没有得到回音。又过了几个月后，母校又开始给我写信了，不过只是寄了校友杂志，以及要钱。

最后我终于又觉得正常了。好几个星期我都隐约觉得自己病了，并且害怕会遭遇事故。我担心我会死。为什么我立刻开始害怕我要死了呢？是因为得了这个奖后我的命突然变得更值钱了吗？还是说我觉得因为在我身上发生了一件好事，现在要发生坏事了？是因为我害怕我会等不到享受这份好运气就会死去吗？我是得到了承诺，说他们，或者你，不得无故将奖金取消。但你确实谨慎地说了，在你给我写的第一封信中，你说如果我去世了，没有任何人，没有任何家人，比如我的母亲或姐妹或哥哥，能得到这份奖金。你不需要说明的是，假如我死了，我当然也得不到这份奖金了。

我是觉得因为现在我被承诺了这么好的事情，我会在得到它之前就死去吗？

我会突然有慷慨解囊的冲动。我想赠钱给我的朋友们，在城市里我想给陌生人20美元的钞票。我想过要给那个惨兮兮的、破烂的巴士站捐一点钱，或许用来给候车室买几盆大绿植或一架书。

然后一个有同样经历的朋友警告了我。她提醒我要小心：我会有一种几乎难以抗拒的想要把钱全部送掉的冲动。

生活中有许多我想做却从未做过的事，因为没有时间。我不优雅，但我想跳舞。我想唱歌，虽然我的声音细而且弱。当然这个奖并不是用来让我做那些事的。基金会不是想支持我花时间在唱歌跳舞上。

我过去常会幻想足够有钱时我会去买的那些好东西。现在羞耻和谨慎阻止了我将钱大手大脚不明智地花掉。不过，有时候我确实会去想一想我想买的东西。我有一个列表：我想买一只独木舟，一个老式衣橱，一架好一点的钢琴，一张餐桌，一小块地，一台放在土地上的拖拉机，一个鱼塘，几头农场动物，还有一圈关它们的畜栏。这是我在好一点的衣服之外的单子。

不过，我知道我需要谨慎一点。如果我买了一件并非必需而只是用来享受的东西，为了拥有它，付出的代价可能会很昂贵，比如一块好地，我必须为它交税。又或者它需要持续不断的照料，比如农场动物。

我没有买上面的任何东西。

因为大学报纸刊出了一条消息，我预计下一堂课时学生们会有所反应，会提问。我期待着一个能和他们谈论这一令人激动的事件的机会。我想和他们谈论学术研究，它会多么令人兴奋。我觉得谈论这件事会比较容易和有趣，而且它可能会让他们更尊敬我。如果我觉得他们尊敬我，我在课堂上的表现就会好得多。我为这场讨论做了准备，想象着他们会问的问题并准备了一些回答。但他们谁也没有听说过这个消息，所以没有人提到它。因为我是准备好回答他们满怀兴趣的问题而不是面对他们面无表情的沉默的，我比平常更僵，更尴尬了。

现在我知道我为什么要给你写这么多关于教书的事了。之前，我不敢告诉我自己教书让我多么困扰，因为那是我不得不去做的事。然后我以为我再也不用教书了。就是那个时候我才能够承认那是一种最坏的折磨——被放在一群无动于衷甚至可能是心怀嘲讽的年轻学生观众面前。

一开始我以为我面对学生时的恐惧是合理的：还有什么比站在一群批判的或冷漠傲慢的年轻人面前更糟糕的呢？我要将我的不确定、我平淡无奇的外表、我的缺乏训练、我的缺乏自信和权威暴露在他们的眼前，任他们去评判。这里面确实有些道理。但我年复一年在不同的学校已经教了很久的书了。最后，在这个重要的一年的开头，你们打电话的这一年，当我的恐惧并没有减少或消失，像我想象的那样，我必须要面对这一事实，也就是我的恐惧是夸大的，不正常的。一些朋友也同意我的观点。

比如，我在这所大学教书的第一年的第一堂课，我遭遇了我现在认为是身心创伤的事，如果它是用来形容完全由情绪状况造成的伤害的准确词汇的话：我醒来时一只眼睛里有一个大血块。照镜子时，我觉得自己看起来很怪异，很吓人。我不知道那天晚些时候，当我站在教室里面对学生的时候，他们是否注意到了这个血块。因为他们当然不会对我提起它，所以我从来都不知道。而且那个年龄的学生总的来说对他们自己的事比对任何老师都更有兴趣，不管她眼睛里有没有血块。

这个学期的晚些时候，我的一根手指因为一片嵌银受到了感染，我去做了手术，后来又绑着绷带去上课。手术在指尖留下了永久的疤痕和一个坑，也让它失去了一部分知觉。我忍不住去想这次受伤也是为了不去上课而将自己弄伤的一次可悲尝试。

在手指好了、绷带拆掉以后，我又会开始在奇怪的时候睡觉，一次只睡几分钟。我不仅会在巴士上睡着，当然并不那么奇怪，我也会在我的办公室里睡着，当我把头放在桌上或靠在椅子上的时候，又或者是在车上，购物后在停车场时，或是躺在牙医椅上的时候，或是和其他病人坐成一排等着看眼科医生、等着瞳孔放大的时候。很显然，我一定是想通过入睡来逃避我的处境，哪怕只是一小会儿。

一整个学期，我都是一身黑——黑色的大衣，黑色的鞋子，黑色的裤子，黑色的毛衣——就好像它会给我提供某种保护。黑色自然是一种强烈的颜色，也许我以为穿着黑色服饰出现会让我的学生相信我是一个强大的人。我应该是要以一种自信的方式引导他们的。但我不想当他们的领导者。我从来就没想要当任何人的领导者。

当我不再期待的时候，学生们开始发现了我得奖的事，也开始问问题了。他们对这个消息似乎真的很感兴趣。他们似乎很喜欢他们的老师成了小小的校园明星这件事。那种新奇，那种对日常惯性的脱离，是我本人欢迎的，可能也释放了他们。每当教室里有什么特别的事情发生，比如暴雨突降、下冰雹、停电，或是我手指上缠着一大块纱布去上课的时候，我就会放松一点，那一个小时也会过得容易一些。

这个学期的课程基本就要结束了。最后一堂课是在八天以后。

我感受到了死亡的临近，也许是因为基金会要给我寄第一张支票的时间就要到了。唯一能阻止我在1月份得到这笔钱的事就是我本人的死亡。所以我在想新年将要不可避免地带来我本人的死亡或是基金会的第一张支票。

最后那堂课上，我们算是开了一个小派对，虽然我让他们先做了一些功课。我在背包里带了两瓶苹果汁和一袋好吃的苹果味甜甜圈。我们将椅子排成了一个大圈，不过那不是我的主意。我不知道该怎么组织一场有25个本科生的派对。我不觉得让他们一排排坐在我面前狼狈地吃着甜甜圈有什么喜庆的。但如果把椅子都搬走，像在一场鸡尾酒派对上那样站着并到处走动，似乎也很怪，因为学生们彼此并不都是朋友。

现在我有点不舍得和他们说再见了。当我不用再害怕他们的时候，去想念他们，怀有好感地想着他们变得容易些了。

当课程结束、教学的压力消失之后，我依然在想象中上着课，还在想着新的阅读作业或聪明的评论。我想象他们全部坐在那里，认真听讲，兴趣十足，而现实是那时候他们已经坐在别的课堂上了，又或者还在放假，早已把我的课抛诸脑后，除了可能会猜测他们会拿到一个什么样的分数。

很快到了新年，我见了一位税务咨询师，他带给我一些坏消息。这笔奖金的很大一部分要用来交税——这笔奖金的税！另外一部分必须被存进一个特别账户——为了避税。剩下的这笔钱就不够生活了。我意识到还是得去找这样那样的短期的、临时的工作，几乎像从前一模一样。但我还是觉得我不用再教书了。

不过，就算在最开始我也并不想和大学完全断绝联系。我觉得我可以开一些讲座。我并不害怕站在台上在一群观众面前读提前写好的讲稿。我可以用这种方法挣一小笔钱，我以为。但原来我开讲座的计划是不可能实现的。他们告诉我，如果我愿意每年秋天教一门特殊的短课，他们会给我开一份很少的工资，这个课是为社区里的人开的。社区里来上课的人通常年纪要大一些，有时候大很多，而且常常个性怪异。他们对教师也更理解，更尊敬，我喜欢这个安排。

然后我不再害怕死亡了。是因为我已经收到一些钱了吗？我是觉得即使我现在就死了，我至少也没有失去全部吗？我有了一个起初我觉得和我对死亡的恐惧无关的想法：我现在就应该开始为我的死亡做准备了，那样一来这个准备工作就会被"处理掉"，我就可以继续我的生活了。如果死亡是我最害怕的事，那么我应该学会与它和平共处。但是事实上，我怎么会觉得这种感觉和我之前对死亡的恐惧是无关的呢？

我也要准备开始写给基金会的信了，我想。我会告诉基金会我做所有事情都更用心了。你可能会乐于听到这一点。而且我要告诉你们，我不仅没有在我可以的时候——因为我现在多了一些钱——去获取更多东西，我反而想要处理掉所有那些我不想要的东西，那些在书架顶上积了一层厚厚的粘灰的东西，那些被塞到柜子里、装进盒子里的东西，那些挤在浴室橱柜深处发霉的东西。

但是我知道你对此大概是不感兴趣的。

在我准备写给基金会的信中，我不确定我是不是应该告诉他们我的计划，虽然我也许会提到在我之前的生活中，我没有时间去做类似停下来和邻居说说话这样的事。我很感激基金会让我现在可以做这样的事了。我不会告诉你们我还没有开始任何严肃的项目，或是我现在每天都把时间花在了整理东西上：药物、护肤品、药膏、杂志和目录、袜子、笔、铅笔。也许我之所以整理东西是因为我觉得我要死了。又或者我觉得我不配得这个奖，假如基金会能探进我的生活几分钟，就会对它的无序感到惊骇。

我相信基金会颁给我这个奖金的时候一定没有想到这一点。

我担心他们会觉得他们浪费了钱。要收回已经太晚了,但是他们会感到失望甚至愤怒。

但也许我迟早会自觉回去做我应该做的工作。也许基金会就是指望着最后我会有自觉不去浪费我的时间因而也不浪费他们的钱这件事的。

在收到了第一笔奖金后,我在想我是不是可以买一件昂贵的东西。然后,有一天,我差一点不小心买了一件267美元的毛衣。我觉得那是一件很贵的毛衣,虽然有一些人不会这么认为,我知道。我看错了标签,以为它是167美元,那就已经是够贵的了。我深吸了一口气,决定要买下它。我甚至都没有试穿它——我担心我会失去勇气。当女售货员写下收费单时,我发现了这个错误,我不得不告诉她我还是不买了。那是一件纯色的红色开衫。我不是很能理解为什么它的材质和那一个有趣的设计元素会让它比我平常买的毛衣贵那么多。

我依然站在收银台旁边,也许部分原因是为了不让那个女售货员觉得我因为价格原因不买东西所以感觉尴尬了。我低头看着装首饰的玻璃盒,欣赏着一条要价234美元的项链。它很漂亮,但没有漂亮到我觉得应该为它花费那么多钱的程度。然后我问了一只金手镯的价钱,售货员告诉我它的价钱是接近400美元。"不管怎么说,黄金是贵的。"她说。那是一只简单、细巧的手镯,一串细细小小的金圆片串在一个我现在不记得的东西上面。它很漂亮。但是不管它有多漂亮，我永远都不会为它或是任何一件首饰花 400 美元。最后我买了一件我不管怎样都会买的东西，一对 36 美元的耳环。

我不知道我是否应该穿任何昂贵的衣服。我觉得我可以，只是那么一次，买一件像那只手镯那么贵的东西。但我应该买吗？我有一次决定我只会拥有少量的衣服，但它们将是简单却质量上乘的。我还是这么想的。但如果它们是质量上乘的，这是否意味着它们也会是昂贵的？只是简单穿衣是不够的，如果这些简单的衣服非常贵的话。不过，如果我是二手买来的话，买一些质量极佳的衣服是可以的。它们会是二手的，简单，老旧，有点磨损了，但是质量极佳。这似乎是一个很好的妥协。但我又担心如果我在一家二手店将它们买来，我可能是将它们从别的非常需要它们的人手里拿走了。

那个春天我会非常忙。这个春天早就被安排了一系列相当烦人但却已经无法取消的短期工作，例如为一个出版商撰写读者报告，写一些短文章，在无足轻重的会议上做论文报告。所以我的生活感觉并没有任何不同，它似乎也不比从前更空闲，除了时不时地我会想起秋天我就不用教书了——就像我误以为的那样。夏天会到来，而我将真正从一切义务中解脱出来。

但当夏天到来的时候,想着我将要教的那门短课,许多个月已经要过去了,我已经习惯了两种互相矛盾的感觉:我生活的一切都改变了;同时,事实上,我生活的一切都没有改变。

在这所大学教这门课,甚至都不是我第一次教书,就像我之前跟你说过的。在其他的年份,有些课进展顺利,有些很不顺利。我还记得有一门课的第一节课我不得不临场给学生们布置了一个作业,当我离开教室的时候我觉得那么无力。我走到了外面的一个走道上站着,盯着一片桉树的树林看,直到我感觉好些了。

几年之后的另外一门课,在另外一所大学里,是在我的一个好友从前的办公室里上的。在这个房间里我和她有过一些不愉快的会面。也许这就是这门课如此难教的原因。在第一堂课上,一个有才华的学生在发现课程要求后粗鲁地提出了反对意见,他立刻就退课了。我后来又得罪了另一个学生,因为我说的一些私人性质的话被她误解了。

我的办公室时间是上课之前的那一小时。没有任何学生来找我,一次都没有,所以我总是独自一人坐在我的小房间里。那是一节晚上的课,那个时候楼里几乎总是空的,但我隔壁的另一间小房间属于一个更受欢迎和成功的老师。我会独自坐在那栋几近空荡的大楼里,听着他对不断到来的他自己的学生所说的一切。

我告诉自己：每周只有四个这样的小时。这四个小时是分开到来的，星期二两小时，星期四两小时——只是一整个礼拜当中短短的四小时。但每一个小时都会给它之前的那一天，甚至前两天投下一道长长的、浓重的阴影，而这道阴影在上课当天的每个早晨会极其浓重，而且在课前那糟糕的十或二十分钟是最浓重的，这包括了最后那几乎无法忍受的走出办公室门的一分钟。

我还对自己说，世界上有许多人在做极其糟糕的工作，和那些工作相比，这是一份好工作。

我在长篇累牍地给你写教学的事。这是因为当你们的奖金到来的时候，我以为我不需要再教书了。我还以为，并且仍然以为，因为你们对我的工作足够感兴趣以至于给了我这个奖金，你会对我的一切以及我想说的一切都感兴趣。我知道这不一定是真的，但我还是选择相信你会关心我的情况以及我在做的事。

我的心理习惯是如此固定，我继续以同样的方式想着同样的事情，尽管我的情况已经发生了改变。但是有一段时间，在消息到来之后，我看事物的视野变宽了。我能看到更多那些处在边缘的事物，我还在观察我的这种更宽广的视野，并在享受它。至少，有那么一天，我坐进车里进了一个我以前从未探索过的社区。我开始探索给予我的新空间，或者说新时间。之后，也许是因为春天里各种工作的压力，我的视野又变得狭窄了，我开始专注于我需要做的事，集中精力应对下一件我需要做的事而不是思索我更广大的前景。我的视野只是将我从早餐带到了午餐，又从午餐带到了晚餐。

然后，当我完成了为春天安排的所有工作时，出乎我意料的是，一种深刻的惰性潜入了进来。一开始那一种美妙的放松，在压力被解除之时，变成了一种无止境、无边界的惰性，我任意地拒绝去做所有别人要求我做的事，除非要求的人就站在我眼前。任何来自一段距离之外的要求，任何信件或其他形式的沟通，我压根儿无视了。要么我会尽快回复好让它消失。我说我太忙了不能做他们要求的任何事，事太多了。我忙于什么都不做。

通常我是一个有很多精力的人。如果被要求的话，我会以很快的速度很细致地完成一系列的任务。现在，就在我被给予了这样一个机会去做一个比方说需要做研究的项目时，我的精力一下子离开了我，我十分无助，我一次又一次地对任何问我的人说："对不起，我很忙，我手上的事已经太多了。"

不管怎样，没有人会知道。也许我很忙，也许不是。有时候我会说："你可以一年以后再问我吗？"因为他们是友善的、很好的人，我不想让他们失望。我想去做他们要求的任何事，只要不用我马上去做。我完全可以想象我会在将来的某个时候找到意愿与精力去做。

我试着去想这种奇怪的懒惰是从哪里来的。可能是这样：我被给予了某样我不需要去赚取的东西，某种其他人觉得重要的东西，但是我不觉得自己很重要。之前我不觉得自己重要，而现在我得到的这样东西进一步缩减了我。我无疑要比给我的这件东西小得多，不重要得多。在这次接触中，我只是一个接受者。一个接受者既不是非常积极，也不是很重要。基金会是积极的，他们给了我这笔钱。它改变了我一段时间的生活，用一个决定和一通电话。我只是积极到去说：谢谢！谢谢！两年之后奖金期就结束了。整个这段时间我都会带着积极的感激之情——但我会去做什么吗？

然后我的精力又回来了一些，我可以去做一些我需要做的事了，虽然一次不能做很多——某一天去写一封工作邮件，另外一天去写一封私人邮件。我还没有去写给基金会的信。我这才意识到我不应该向你们承诺要写这封信。你们没有期望我去写，但因为我承诺了，你现在会期待它了，而你会认为我是一个不会兑现她承诺要做的事的人。

今年夏末的一天，我坐在我上课时总是坐的那条线路的巴士上。但那一天不巧它会是把我带到很远地方的第一程，和大学相隔甚远。但就在我坐在巴士上向北走时，我注意到，同样的愁惨是怎样逼近了我，尽管我不是在去大学的路上。这是多么奇怪啊，我想：这种记忆还是太生动了，让我无法冷静地思考它。这愁惨的记忆本身就充满了愁惨——这愁惨太近了,就好像它还躺在那里等着我,好像我随时都可能会滑到另外那种现实中去一样。

你可能会很难相信我会在课程之前的事情中找到一些微小的快乐,只是因为它不是课程本身,只是因为我还没到校园里。比如,我会在路上的不同的小阶段里找到一些满足:一开始是我乘巴士从镇上向北去往那座小城,然后再乘开往大学校园的城市巴士。如果我出示校园证件的话,城市巴士是免费的,我对这小小特权的喜欢远超过你的想象。从第一辆巴士到第二辆巴士,我需要在清晨的阳光里从巴士站走一小段路到达城里的主街。这段路需要七分钟,路上我会经过一家餐厅,在那个时候一位雇员总是会用水冲洗露台,摆放桌椅。走过餐厅后,我会穿过宽阔的主街,左转,在上坡路上走几条街到达城市巴士站。这段上坡路对我的心脏有好处,我总是对自己这么说。

在经过餐厅之前,我会经过一家旅行社,那里有带户外桌椅的餐厅,清早有一些动静,这当然会让我想到外国,一个遥远的地方。我短暂地感觉到我就好像身在一个遥远的地方,这会让我更加希望我不在此处。

如果我去坐比平常稍晚一点的城市巴士,路上会多停一站,我更喜欢这条线路是因为它会花更长时间:在离开城市界限后,巴士会进入一个孤零零的大型办公楼建筑,那里,上班族总是会成双成对或是独自充满活力地走在圆圈形的小道上。这一站上下车的人总是极少。

为了安慰我自己,我总是会想一想某位伟大、奇怪、艰涩的法国诗人,他年复一年在一所高中教书,因为他找不到任何别的谋生方式。年复一年,学校里的学生会取笑他。或至少我记得我在哪里读到过是这样的。

巴士站里的咖啡厅是我度过一周里最后一段时间的地方,在我坐晚班巴士回家的那个晚上。这个晚上是宁静的,也许是一周里最宁静的时刻,被刚刚结束一周的教书及面前拥有下一周开始前最长一段时间的那种解脱感所充满,下一周的第一节课到来时那一周也就开始了。

我会买点什么,通常是一杯热巧克力,这样我就可以坐下来。我会找一张干净的桌子,或者将一张桌子擦干净一块地方来放我的东西。我坐下来看书或是批改论文。咖啡厅里的这些桌子很多,很结实坚固,有着漂亮的黄色硬塑料桌面,边缘是淡色压层木板。对于我的那杯巧克力、那张白色纸巾、我的书和论文,我十分满意。在那段时间里我什么都不缺。那两个小时左右我会在极度的宁静中度过,这种宁静在更复杂的环境中是不可能的,比如说有着更多选择的环境中。我听着员工彼此交谈,说着笑着,我觉得他们给彼此带来了某种陪伴。角落里那些游戏机的声响会让我安心,最持续的声响是介绍"18轮大卡车"游戏的严肃的声音，游戏中卡车喇叭不断地鸣叫；还有另一个游戏里的撞击声、喊叫声、金属撞击声，就像吵闹的击剑声或永不停歇的修路的噪声；在这些声音之外，还有介绍"美国射击运动"的录音里年轻热情的声音，以及录音里观众群的欢呼。

但当下一周开始时，我回到校园、去上我的第一节课时，我需要经过这个咖啡厅，在上一周结束时它是那样重要的庇护所。我听着它熟悉的声响，员工的叫喊声，游戏机录音里的欢闹、砰响和撞击。我听着它，不是不断重复地，像我晚上点一杯热巧克力坐在那里时一样，而是在我拎着公文包经过门前时短暂地听到。我可能是渴望坐在咖啡厅里的，但我甚至都不敢承认这一点。相反，我将思绪转移开来，从车站向着主街和城市巴士站的方向走去，让咖啡厅里的声响在我身后隐去。既然那时这种庇护是不属于我的，它并不比某个从不属于我的东西更有价值。事实上，既然那时我不能走进去，我宁愿不去看它，也不去聆听它。每次走近它时，我都会同时体会到两种情感，那种解脱和那种惧怕，但惧怕要更加强烈。

在得到消息的一年后，我想要回到我认为的我的正常状态中。在一定程度上我回到了这种状态，但我注意到这种正常状态也包括了一些过去那种受限的感觉。我不再感到像开始那样自由了，像我刚刚得到那个好消息时那样。如往常一样，我又开始担心时间问题了。我会做计划，以及更多计划。我会记下做某些家务活花费的时间。我觉得我应该把这些必要的活儿花的时间加起来，计算我需要为这些烦人的事情留出的最少时间是多少。

我的那种自由感来自我生活中突然的变化。与之前的情况相比，我感到了巨大的自由。然而，一旦我习惯了这种自由，连很小的任务都开始变难了。我限制自己的行动，打发一天里的时间。有时候我整天都只做自己想做的——我躺在沙发上看书，或者我会把一篇旧日记打进电脑里——之后一种最可怕的失望会降临到我身上：我正在享受的这种自由似乎在说我一天里所做的事是随意的，所以我的整个人生和我度过它的方式是随意的。

这种随意感和几年前在另一个巴士站旁的一家小餐馆里发生的一件事带给我的感觉很像。我希望你不介意我将它说给你听。在某种意义上，它和基金会给我这份两年的奖金时我的感受确实是有关系的。

我要和一位坐巴士来的朋友见面。我在巴士站。这是另一个巴士站，是我家所在的镇上的巴士站，不是我去大学时经常经过的那个。我得知我朋友的巴士会晚到很久。犹豫了一会儿之后，我决定要穿过停车场，去那家小餐馆里边吃些东西边等着车子来。

它是一家很大、生意很好的餐馆，里面桌子很多，还有很长的柜台。它已经在这同样的位置营业几十年了。因为是晚餐时间，餐馆里很拥挤。我坐在一张小桌子前，我旁边的柜台前坐着一个老男人。一位年轻的新来的女侍者在为老人点单。他想吃某种鱼。她以一种相当不耐烦的口气推荐了烤杏仁鳟鱼，他同意了。这位新侍者向厨房窗口喊出了点单。一位年长一些的女侍者听到了点单，走了出来。

"哈里斯先生不能吃坚果。"她对新侍者说。"——哈里斯先生，你不能吃坚果。你不能点烤杏仁鳟鱼。它里面有杏仁。"

老人看起来有点困惑，但他低头重新看了菜单，点了别的，而新侍者在一旁无动于衷地看着。

我喜欢这位年长的侍者会照顾她的老顾客这一点。然后我有了一个奇怪的但并不是不愉快的想法：我意识到我大可以错过这件事，如果我选择待在巴士站的话。在这件事发生的时候，我是可以坐在停车场对面的等待室里的。这件事还是会发生。我之前从没有这样清晰地想过我不在场见证的所有这些事情。然后，我又有了一个更奇怪但不那么令人愉快的想法：对这些事，对这些没有我也会继续下去的生命，我不仅是不必要的，而且其实，我本身完全就是不必要的。我不需要存在于此。

我希望你能理解为什么这件事是相关的。

在得到消息过去一年后，我下定决心我至少要写完给你、给基金会的信。这是很合适的写完信并将它寄出的一天，因为它正值周年纪念。

当然，我意识到另外一个合适的日子会是奖金结束的那天，也就是一年以后，而且事实上确实又过了一年。

但那一天到来的时候，我还是没有写完也没有寄出这封信。

现在距离奖金期开始已是多年之后，而我还在教书。它没有保护我让我永远不需要教书，像我确信的那样。事实上，虽然两年里我教得少一些了，但我并没有完全停止。我没有做出那么好的可以让我永远不需要再教书的研究。我发现如果我继续留在我所在的大学教书，我根本就不可能停止。

现在，距离我开始思索要在这封信里写什么，已经过去多年了。奖金期早就已经结束了。就算去翻档案，你大概都不记得我了。我感谢你们的耐心，并为这漫长的拖延道歉，并请你相信我一直是怀着真诚的感激之情的。

谨致最美好的祝愿。

12

一个数据性研究的发现

那些在孩童时更小心谨慎
的人
活得更长。

13

改稿：1

火不用被形容为暖的或红的。去掉更多的形容词。

鹅真是太笨了：把鹅去掉。有寻找脚印的部分就够了。

说小脑袋会令人讨厌：把小脑袋去掉。（但艾略特喜欢小脑袋，因为它是那么准确。）小脑袋被去掉了，取而代之的是窄脑袋。

大帽子应该什么时候出现？一个女人、一个旅行者和英语教师，因为戴的帽子被错认了，因为颠覆性活动被抓了起来。她可以立刻就戴上那顶大帽子，也可以晚一会戴。她的名字是尼娜吗？大帽子被从开头移到了结尾，又移到了开头。

说他将永远不会结婚说得通吗？不管怎样，他确实和他的邻居订婚了，而且很及时，所以肯定不能说他永远不会结婚。

后来，安娜爱上了一个叫汉克的男人，但曾有人说没有人会爱上一个叫汉克的男人。所以现在男人不叫汉克而叫斯蒂芬了，虽然斯蒂芬是一个住在长岛的小男孩，有一个姐姐名叫汉娜。

14

简短谈话
（在机场的起飞休息室里）

"那是一件新毛衣吗？"一个女人问另一个女人，一个陌生人，她坐在她旁边。

另一个女人说它不是。

谈话就此结束了。

15

改稿：2

継続用"宝贝"但去掉"更多优先事项"。将"优先事项"的复数改为单数。插入"向前推进"。在"矛盾之处"后加上兴趣之中包含着无聊，无聊之中包含着兴趣。把"那个"去掉。找到"时间"。保留"时间"。保留"等待"。在"婴儿"后加上他的手在抓着一只奇怪的青蛙的脚。在《改稿:1》里加上"优先事项"和"紧张"。在"金斯顿"后接上"家庭"和"超市"。在"坏脾气"后继续。以"西伯利亚虎"开始《金斯顿》。

16

行李寄存

问题是这样：她途经这个城市，需要花些时间去公共图书馆。但图书馆的衣物寄存处不接受她的行李箱——她必须把它放在别的地方。答复似乎很清楚：她要走到同一条街上的火车站把行李箱寄存在那儿，然后再回到图书馆。她在风雨中一只手撑着一把小伞另一只手拖着行李箱，走到了火车站。她在火车站里到处寻找行李寄存处。那里有餐厅和店铺，有一个上面有星座图的漂亮的高屋顶，有大理石的地板和墙面，宏伟的楼梯和倾斜的走道，但就是没有行李寄存处。在一个信息问询窗口她问起行李寄存处，不高兴的工作人员只是沉默地从柜台底下摸出一张宣传单递给她。那是一个有两个地址的商业寄存处，但两个地址都不在站内。她要么要往上城走几个街区，要么要往下城走几个街区。

她在风雨中往上城走，又往东走了几个街区，但这是错误的方向，她又往西走了几个街区，这次方向是对的，她找到了那个地址，那是一栋古老的窄楼，夹在一家速食店和一家旅行社中间。她和一对准备在巴西结婚的情侣一起坐电梯上楼。他们要去办公证。女人对男人说他需要在一名公证员面前发誓他之前没有结过婚。除了公证处和行李寄存处，这栋楼里还有一家可以转钱和收钱的西联汇款。

整个小小的顶楼都是行李寄存处的，是在六楼——有一间临街的房间和一间靠后街的房间。临街的房间空荡荡的，洒满了阳光。在后屋，一张长折叠桌被推到了走道里，一个男人坐在桌前，旁边是一大叠小小的淡蓝色纸票，就像是在乡村集会，人们会给你用来坐游乐设施的那种票。他笑了笑，对她说话时带着东欧口音。他的笑容很友善。他的牙有些是歪的，有些是缺的。她提前付了10美元，将行李箱交给男人，拿了一张淡蓝色的票。然后她坐电梯下了楼，开始冒着风雨往图书馆走，一边走一边想着她的行李箱。在匆忙与混乱中，她没有锁箱子。她希望里面的外币不会被人偷走。

她刚从另外一个国家的一座城市飞到这座城市来。在那里人们的行事方式是不同的，她想：在那个地方，车站里就有行李柜，行李柜对着一个传送带，它会将所有行李送到一个暂寄处。在那里，她将她的行李存进了一只行李柜，付了相当于5美元的费用。这笔钱对她旁边的男人来说很贵，他睁大眼张大嘴说："Donnerwetter[1]！"等她准备去取行李的时候，它被送回了原来的

---

[1] 德语，意为"天哪"。

地方，通过那条传送带。她一边走一边想着这些。等她在图书馆时，在那个安静、寒冷、空荡的房间里工作时，她会暂时忘掉这件事。但在她走路的时候，她想着：但我现在回家了，这是我们做事的方式，在这个城市里，在这个国家。

17

等待起飞

我们在飞机上坐了好久,还在地面上,等待起飞,这时一个女人宣布现在她要开始写她的长篇小说了,坐在旁边的一个女人则说她很乐意做它的编辑。走道里在卖食物,而乘客们,要么是因为等饿了,要么是因为害怕一段时间内再看不到食物,在着急购买,哪怕是那些他们平时不会吃的食物。比如,有一种糖果条长得都可以当武器了。卖食物的空乘员说他有一次被一个乘客攻击了,不过用的不是糖果条。他说,因为飞机延误得太久了,那个乘客往他脸上泼了饮料,一个小冰块弄伤了他的一只眼睛。

18

工 业

———

福楼拜的抱怨

自然是怎样嘲笑我们的啊——
这些树的舞会是多么无动于衷啊——还有那些草,那些海浪!

从勒阿弗尔传来的汽笛声是多响亮啊,弄得我不得不停止工作。

机器是一种多么吵闹的东西。
工业给这个世界带来了多少噪音啊!
从中产生了多少可笑的职业啊!
从中产生了多少愚蠢啊!
人类文明变成了一头野兽!

生产一根针就需要五或六个不同的专业人员。

你能对曼彻斯特的人期待些什么呢——
那些整个一生都在做针的人？！

19

洛杉矶上方的天空

―――――

  洛杉矶的天空总是在一栋商品住宅的上方。随着时间的流逝，太阳先是从东边的大窗户照进来，然后是南边的，然后是西边的。在我望向窗外的天空的时候，我看到积雨云突然以复杂的、色彩柔和的几何形状堆积起来，但立刻又崩塌消散了。在这样的情况反复发生了几次之后，我似乎又可以开始画画了。

梦

20

一个段落中的两个人物

———

故事只有两个段落长。我在写第二段的结尾,也就是故事的结尾。我工作得很专注,我转过了背。就在我写结尾的时候,看看他们开头在干什么!而且他们并没有离得很远!他好像偏离了我安排他的位置,却在她身旁打转,只不过隔了一个段落(在第一个段落)。是的,这是一个密度很高的段落,他们身陷其中,那里很黑暗。我知道他们都在那里,但当我离开它转向第二段的时候,他们之间却没有什么事情发生。现在再看看……

梦

21

在埃及游泳

我们在埃及。我们准备去深海潜水。他们在地中海岸边立起了一个巨大的水箱。我们将氧气罐绑在背上,潜进了这个水箱里。我们一直潜到了水底。在这里,一串蓝色的灯在一个隧道入口处闪烁着。我们进入了隧道。隧道通向地中海。我们游啊游。在隧道的远端,我们看到了更多的灯,白色的灯。当我们游过了那些灯后,我们突然出了隧道,进了公海,从我们所处的位置一直向下,深达一千多米。我们的身边和头顶到处都是鱼,四面都是珊瑚礁。我们觉得自己在飞,在深处。此刻,我们忘了我们必须小心不迷路,必须找回去隧道口的路。

梦

22

屋子里事物的语言

运转中的洗衣机:"巴基斯坦人。"

(缓慢地)哼哼叫的洗衣机:"消防员,消防员,消防员,消防员。"

洗碗机架子上碰撞的餐具:"被忽视的。"

玻璃搅拌机在金属水槽底部撞击:"坎伯兰。"

锅碗瓢盆在水池里碰撞:"烟草。"

在塑料碗里搅动煎饼粉的木勺:"管他呢,管他呢。"

在配套金属盆上晃动的铁炉:"鸿运大发。"

从书架顶层剥下来的吸盘削铅笔器:"瑞普·凡·温克尔[1]。"

在一个打开又关上的抽屉里滚动的马克笔:"紫色水果。"

被撬开的发泡黄油的盖子被放到了厨台上:"占星术。"

用勺子在碗里搅拌发酵粉:"单边的,单边的。"

我们是不是总会在潜意识中听到不同的单词短语?
这些单词短语一定是徘徊在我们的潜意识上层的,极易接触。
几乎总是这样,有某种空洞的东西参与其中:一个发出回声的腔室。

水流进厨房水池下的下水道里:"深夜舞会。"

水流进一只玻璃罐里:"穆罕默德。"

放在台子上的空帕尔马干酪罐:"相信我。"

---

[1] 瑞普·凡·温克尔,美国作家华盛顿·欧文笔下的人物,因在山中喝了仙酒,醒来后发现已过了20年。

在台面上嗒嗒响的叉子:"我马上回来。"

放在炉灶上时响动的分叉勺子:"巴基斯坦人。"

水池里一口有水流进去的锅:"崇高的敬意。"

搅动一杯茶的勺子:"伊拉克,-拉克,-拉克,-拉克。"

晃动的洗衣机:"皮包,皮包。"

晃动的洗衣机:"公司 re-,公司 re-[1]。"

或许我们在家里听到事物说出的词语是我们在阅读中记在脑中的词语;或许是我们在电台上听到的或是我们对彼此讲述的;又或许是我们经常从车窗外看到的,比如坎伯兰农场的标志;或者它们不过是我们一直喜欢的词,比如罗亚诺克(在弗吉尼亚州)。如果说这些词["Iraqi, -raqi"("伊拉克,-拉克")]一直存在于我们的大脑组织中,那么我们会听到它们是因为我们总是会听到那些刚刚好的韵律,近乎刚刚好的辅音,经常还有差不多刚刚好的元音。只要韵律和辅音是对的,我们的大脑因为已经在某

---

[1] 原文是"Corporate re-, corporate re-"。

处存有这个词了，可能就会提供正确的元音。

两只手在水池里冲洗："引用，结束引用。"

炉灶刻度器嘀嗒开启："里克。"

金属地毯除尘棒挂在地下室楼梯旁的木墙上："碳水化合物。"

男人的湿脚踩在油门上发出响声："丽莎！"

不同的物品是以下面的方式发出不同的语言声音的：坚硬的辅音是由硬物击打坚硬的表面创造的。元音是由空洞的空间创造的，比如盖着盖子的黄油罐内部带来了"horóscopy"（"占星术"）这个词的声音——当盖子掀开来时是"horó"，当它被放到台面上时是"scopy"。有一些元音，比如"neglected"（"被忽视的"）中的几个e，是由洗碗机中的盘子说出的，而我们听到的辅音"nglctd"则是由我们的大脑来提供补充的。

要么是辅音用来强调或结束元音，要么是元音用来填补或丰富辅音。

带木柄的刀子敲击台面："背景。"

塑料沙拉甩干器被放到台子上:"朱莉!注意听!"

下水口汩汩作响:"园艺。"

橙汁盒晃了一次:"热那亚。"

小猫跳到浴室地板上:"好吧[1]。"

水壶被放到陶制地板上:"巴勒莫。"

柳条脏衣篮的盖子被打开时:"与你同在[2]。"或"你在哪里?[3]"

打喷嚏:"争论中。"

冬装夹克拉链被拉开时:"火柴[4]。"

用手指清理烘干机铁网滤片时的刮擦声:"费城。"

---

1 原文为意大利语"Va bene"。
2 原文为拉丁语"Vobiscum"。
3 原文为德语"Wo bist du?"。
4 原文为法语"Allumettes"。

水被吸进水池下方的下水道时:"德沃夏克。"

按下厕所手柄时发出的第一声声响:"鲁道夫。"

我不认为我最近读到或听到了这些词——比如说 Rudolph 这个词吧,是说它一直存在于我的脑海里吗?可能是从 Rudolph Giuliani[1] 那里来的,又或者更可能是从 Rudolph the Red-Nosed Reindeer[2] 那里来的?

拉链:"拉开。"

用来清洁的餐具的碰撞:"合作。"

塑料夹趾拖鞋在木地板上吱吱响:"典型的。"

假如你听到了一个词,并加以留意,你就更可能还会听到一个。如果你不留意,你就不会再听到它们了。

你能从刀刮塑料菜板的声音中听到鸭子的叫声。你也能从湿海绵球摩擦冰箱隔层时的吱吱声里听到鸭子叫。多一点摩擦(用

---

1 鲁道夫·朱利安尼,美国律师、政治家,曾任纽约市市长。
2 红鼻子驯鹿鲁道夫,传说中是平安夜里为圣诞老人拉雪橇的领头驯鹿,长有一个会发光的红鼻子。

湿海绵球时）会发出吱吱声，少一点摩擦（用干海绵球时）会发出一种轻柔的刷动的声音。一台风扇，或两台同时转动但声音略有不同的风扇会让你听到某种单调的哭声。

在制造出声音的动作或物体（男人的脚踩在油门上）与那个词的意义［"Lisa!"（"丽莎！"）］之间并没有什么有意义的联系。

鸟儿："嘀啾[1]。"

鸟儿："玛格丽特！"

鸟儿："嗨，弗雷德里卡！"

台面上的汤碗："法布里奇奥！"

---

[1] 原文为法语"Dix-huit"，直译为数字18，正文为音译。

23

洗衣妇

　　　　　　　　　　来自福楼拜的故事

　昨天我回到了那个离这里两小时远的村子,十一年前我曾和老奥洛斯基一起去过那里。

　那里的房子、山崖和船都没有什么变化。洗衣槽前的妇人们还是以同样的姿势跪着,人数还是那么多,她们在同样的蓝水里捶打她们的脏衣服。

　天上下着一点小雨,就像上次一样。

　就好像,在某些时刻,宇宙停止了运动,就好像一切都变成了石头,只有我们还活着。

　自然是多么狂妄啊!

24

给酒店经理的一封信

亲爱的酒店经理：

我写信是为了告诉你在你们餐厅的菜单上"scrod"这个词拼错了，拼成了"schrod"，以"sch"开头。第一次看到它的时候这个词让我非常困惑，那是我住在你们酒店两晚中的第一晚，我独自一人在吃晚饭，在你们非常漂亮的大堂旁边的餐厅里，大堂里有雕花的木饰板、高高的屋顶和一排金色的电梯。我本以为这个拼写肯定是对的而我肯定弄错了，因为我是在新英格兰，事实上是在波士顿，鳕鱼与小鳕鱼之乡。不过，第二天晚上我又从房间来到大堂，准备第二次在你们的餐厅里进餐，这一次是和我哥哥一起，我坐在大堂里等着他，通常这是我喜欢做的事，如果大堂环境不错并且我在期待一顿美味的晚餐时，不过这一次我到得非常早而我的哥哥迟了很久，所以等待变得非常漫长，我开始担心我哥哥是否出了什么事，我在读接待台后面那个友好的工作人员给我的一些材料,就像其他工作人员一样(也许除了那个餐厅经理),他的举止自然不做作,我住酒店的体验因此得到了很大的提高,我问他他是否有关于你们酒店历史的材料,因为有那么多有趣的人或名人曾在这里住过,或工作过,或用过餐喝过酒,包括我本人的太祖母,虽然她并不是名人,而这本我假定由你们酒店编写的小册子里说,事实上,是你们的餐厅创造了"scrod"这个词来形容当天捕获的鱼,与"cod"[1]一词对应,后者我想也是这个城市非常有名的物产。我还记得,也许我记错了,但我记得别的地方是将这个词拼成"shrod",除非这是另一个词,有着不同的意思。一开始我以为,我猜是错误地以为,"scrod"是"小鳕鱼",又或者"shrod"是"小鳕鱼"而"scrod"是"当天捕获的鱼",如果"shrod"一词存在的话。我对于小鳕鱼懂得不是很多,只知道一个关于两个高雅的女士的笑话,在从波士顿回家途中的谈话中,其中一个以为"scrod"是某个词的过去式。就像我说的,昨天晚上我一度认为schrod的拼法是对的,然后我开始相当确定它是不对的,但我不确定应该是"shrod"还是"scrod",如果"shrod"这个词存在的话。但我从来没见过"schrod"这种拼法,以"sch"开头的拼法。后来,在第二天晚上,我将你们的餐厅经理对我和我哥哥说话的方式与它联系了起来,虽然也许这种联系是不正确的。我在餐厅吃

---

[1] cod,意为鳕鱼。

饭的两个晚上这个经理都在,他的举止虽然礼貌却有些冷淡,不是专门对我而是对所有人都是如此,第二天晚上他似乎不愿意延续一场我发起的谈话,那时我向他建议他们餐厅或许可以在菜单上加上烤菜豆,因为烤菜豆是波士顿的本地菜,而他们餐厅宣传他们是马萨诸塞州的官方甜点波士顿奶油派的发明者,同时也是派克酒店面包卷的发明者,这是我在酒店的小册子上读到的。他似乎毫不掩饰他想要结束谈话去做别的事,虽然我不知道是做什么,因为他除了趾高气扬地走来走去,似乎并没有别的职能——我的意思是他的身体直得过分——从这个长长的、相当阴暗却十分豪华的房间的一头走到另外一头,也就是说,从那个总有几个人从大堂进来用晚餐的宽阔的走廊,走到那个显然是厨房的地方,厨房藏在一个酒吧样的地方和两盆巨大的棕榈树之后。不管怎么样,就在他微微前倾着身子和我们交谈但每次停顿都会转过身去的时候,我注意到他的口音可能是德语口音,在我后来思考"scrod"的错误拼写的时候,这一点让我猜测那个很有德语特色的"sch"可能是他干的。但这种推测可能很不公平,或许那是别人干的,是一个更年轻的人拼错了"scrod",而不是因为餐厅经理受德语影响而以"sch"开始一个词。这里我也必须补充一句为他辩护,虽然他的态度比较冷淡,但他对于我那个将烤菜豆加入菜单的建议的反应还可以。他解释说你们餐厅确实一度会在上菜前和面包卷及黄油一起上一罐烤菜豆,但你们后来停了，因为波士顿有太多餐厅会上烤菜豆了。我不想让他觉得我喜欢在一顿饭开头有吃小罐豆子的想法——远非如此。我觉得这个想法很糟糕。烤菜豆不会是一种很好的前菜，因为它口味太重，也太甜了。不，不，我说，它只需要在菜单上就行了。我正好喜欢吃烤菜豆，所以当我没有在这家波士顿餐厅的菜单上发现它时我有点失望，它没有和小鳕鱼、派克酒店面包卷、波士顿奶油派列在一起，这些我第二天晚上全都点了。和我一起进晚餐的人，也就是我哥哥，容忍了这场拖拉且或许是毫无意义的谈话，或许是因为在麻烦的一天结束后，这一天为了处理和我母亲的遗产有关的几件事，他在一个不是他家乡的城里跑来跑去，这些事办得不都很顺利，所以他很高兴能够坐下来吃一顿配红酒的可口晚饭，又或许是因为我的行为让他想起了我们的母亲，她很可能会跟一个陌生人开始谈话，又或者，更准确地说，只要是在她附近的陌生人她就一定会和他开始一场谈话，从中得知一些他的人生细节，或是让他知道一些她坚信不疑的事，她去年秋天去世了，我们很伤心。不过，很自然地，虽然她活着的时候的一些小习惯我们不喜欢，我们现在却想借此想起她，因为我们思念她，或许我们两个人都开始有了那些习惯，如果不是很早之前就有了的话。我觉得我哥哥也对餐厅经理提了他自己的建议，在安静地听我说完以后，虽然我不记得他说了什么了。这是我第二次把经理叫到我们的桌边来，在服务生的鼓励之下，他认为我的想法很好。我第一次向他招手不是为了谈论烤菜豆或是"scrod"的拼法，而是为了那个近乎空荡的餐厅里的另一位客人，一个姿态端正的小个子老妇人，她的珍珠灰色的头发在脖子上方挽了一个发髻，她的头在桌上的法式长棍面包前显得惊人的低，所以她得把手伸得很远才能够得到食物，在她旁边坐着比她年纪小很多的护工。我在第一天的晚饭前就注意到她了，因为我们坐得很近，而且那天客人更少，护工和我最后交谈了起来，其间我得知老妇人住得离这里很近，而且很多年来每天都会来这个酒店吃晚饭，还有事实上，不知情的我坐的就是她在这餐厅经常会坐的位置，在那盏最亮的灯底下。在问了老妇人后，这位护工说她来这里已经三十年了，这一点让我大吃一惊，但现在，在第二天晚上，餐厅经理纠正说她来了只有五六年。可能因为那时我已经喝完了我那杯罗讷河谷红酒，我一时触动，想建议你们酒店应该拍一张这位老妇人的照片挂在某个房间的墙上，因为她现在已经是这个酒店历史的一部分了。我依然觉得这会是个好主意，你们应该考虑它。事实上，后来我站起身来，也许动作有些不得体，但就在那位老妇人和她的护工正要离开的时候，我走向了他们，告诉了他们同样的提议，他们显然很高兴。不过，我认为直接向经理提起"scrod"的拼法是不圆通的，这就是为什么我现在要在这封信里向你提起这件事。我住在你们豪华的酒店时是非常愉快的，也许除了餐厅经理的冷淡态度，而且除了这个拼写错误,你们的服务和一切展示都是完美无瑕的。但我确实认为在这个声称是小鳕鱼之乡的地方,它的名字应该被拼对。感谢您的关注。

　　谨上

25

她的生日

---

105 岁了。
就算她没有死,
她现在也不会活着了。

V

01

我童年的朋友

那个在走路的头戴一顶羊皮帽表情严肃的老男人是谁?

但当我叫他他回过头来时,他一开始也没有认出我——这个穿着冬装大衣对着他傻笑的老女人是谁?

02

他们可怜的狗

那条烦人的狗：

他们不想要它所以把它给了我们。

我们推开它打它的头把它拴起来。

它叫，喘气，朝人冲过来。

我们把它还给了他们。他们养了它一段时间。

然后他们把它送往一个动物收容所。它被关进了一间水泥狗圈。

有访客来看它。它四脚着地站在水泥地面上，它的爪子是黑白相间的。

没有人想要它。

它没有任何优点。它不知道这一点。

新的狗不断来到收容所。一段时间后，他们没地方给它住了。

他们把它带到一间安乐死病房实行安乐死。

它必须走过房间里的其他狗身边。

它蹦跳着,拉扯着。它被其他狗和屋里的气味吓到了。

他们给它打了一针。他们任它摔到地上,又去带来另一只狗。

他们总是会把所有死狗一起弄出去,在最后,为了节省时间。

03

你好亲爱的

你好亲爱的,
你还记得
我们是怎么和你沟通的吗?

很久之前了你都看不见,
但我是玛丽娜——俄罗斯的。
你还记得我吗?

我写这封信给你
眼里含着沉重的泪水
心里带着深重的哀愁。
来到我的纸上吧。

我希望请你想着我

要全心全意。

请——让我们交谈吧。

我在等着!

04

不感兴趣

　　我就是对读这本书提不起兴趣。我也对我尝试读的上一本书不感兴趣。我对我拥有的任何书的兴趣都越来越少了，虽然它们都是不错的书，我猜。

　　就好像，那一天，当我走到后院，准备捡些树棍树枝把它们放到草地远端那一堆里去的时候，我突然对捡树枝并又一次把它们抱到树枝堆然后穿过高高的草地再去捡的想法感到如此厌烦，我直接就没有开始，而只是回到了屋内。

　　但现在我又可以去捡了。只有那一天我是觉得厌烦的。然后这种感觉消失了，现在我又可以走出门，去把那些树棍树枝捡起来，堆到树枝堆上去了。事实上，我是把树棍捡起来，用胳膊夹着它们，然后用手拖大一点的树枝。我不会两件事同时做。在觉得累了决定结束之前我可以来回三趟。

　　我说的那些书应该都是相当好的书，但它们就是无法让我感兴趣。事实上，它们可能要比我拥有的一些其他书好得多，但有时候是那些没那么好的书让我更感兴趣。

在我说的那一天的前一天,以及它之后的那一天,我愿意去捡树枝并把它们弄到树枝堆。事实上,之前和之后的许多天都是。我是不是都可以说:在那一天之前的所有日子和它之后的所有日子都是如此?不要问我为什么在其他日子里不会觉得厌烦。我自己也经常在想这是为什么。

如果要去想的话,大约看着房子周围那堆乱糟糟的树棍树枝日渐变小是有些满足感的,随着我一点点把它们拖走。看着我脚下走过的那片草地:那些草、野花、偶尔蹿过的野生动物是有些意思的,虽然意思不大,事实上少到近乎无聊了。然后,等我走到后面那个灌木丛旁的树枝堆时就到了最好的时刻:我会掂一掂怀中的那捆树枝的分量,或是用两手平衡着树枝,然后我会把它们或它举起来,尽我所能把它送到树枝堆的顶上。穿过草地回去的那程路很简单,和去到树枝堆的路程相比,我的胳膊和手都自由放松了;我会去看周围的树冠和天空,去看我们的房子,虽然它从来都不会改变,也没什么意思。

但那一天我都无法开始对这个活儿感到任何兴趣,并突然比从前任何时候都更觉得厌烦,我只是转过身回到了屋内。这让我去想在其他日子我到底怎么会想要去干这个活,而且到底哪一种情况是真实的:在其他日子里我轻微的兴趣和在今天我深深的厌烦。这又让我去想我是不是应该总是对这个活儿感到厌烦并不再去做,还是说我的想法出了一些问题,我其实并不总是这么厌烦。

我并不是对所有好书都感到厌烦,我只是对一些小说和短篇故事感到厌烦,虽然是写得好的,或者说那些应该来说是写得好的。这些日子里,我更喜欢那些真实的内容,或者说至少作者相信是真实的事情的书。大多数人想象出来的东西就是不太有趣的——你能猜到这个作者是从哪里得到了这个或那个想法。在你读完一个句子的时候,你就能预测接下来的会是什么。一切看起来都很随意。

但有时候我也会对我自己的梦觉得无聊,对做梦这件事:现在我又开始了,这个场景不合理,我一定是睡着了,这是一个梦,我又开始做梦了。但有时候我甚至会对思考这件事感到无聊:又来了一个想法,我会发现它是有趣的还是无聊的——别再这样了!事实上,有时候我会对我拥有的友谊感到无聊:哦,我们会一起度过这个晚上,我们会交谈,然后我会回家——又来了!

事实上,我不是说我会对旧小说和短篇故事集感到无聊,如果它们写得好的话。只是新的那些——不管是好是坏。我想要说:在我身上免掉你们的想象力吧,我厌倦了你生动的想象力,让别人去欣赏它吧。不管怎么说,这就是我这些天的感受,也许它会过去。

05

老女人，陈鱼

在我煮熟它并吃掉它的时候，待在我肚子里整个下午的那条鱼已经太陈了，怪不得我会不舒服——一个老女人在消化一条陈鱼。

06

在药剂师家里小住

来自福楼拜的故事

我住在哪里？在一个药剂师家里！是的，但他是谁的学生？杜普雷的！这不是太棒了吗？

和杜普雷一样，他经常做气泡水。

"我是特鲁维尔[1]唯一一个做气泡水的人。"他说。

这是真的，在早上8点的时候，我就经常被瓶塞飞出去的声音吵醒了：噼，啪，咔啦！

厨房同时也是实验室。从那些炖锅里，在一种可怕的寂静中，一种圆弧状的东西升起了，那是

一柱令人害怕的沸腾的铜

---

[1] 法国诺曼底地区的一个海滨城市。

而且因为制药准备,他们经常没法把锅放在炉灶上。

要前往庭院里的茅房,你得跨过许多装满瓶子的篮子。他们在那儿有一个会喷水、弄湿你的腿的水泵。两个小男孩会洗瓶子。一只鹦鹉整天叫个不停:"杰科,你吃午饭了吗?"或是"可可,我的小可可!"还有一个约莫10岁的小男孩,这家人的儿子,药房的重大希望,会通过用牙齿举重来展现力量。

我觉得一种令人感动的先见之明是厕所里总是有纸——涂胶纸,或者更准确地说,蜡纸。那是包包裹用的纸——他们不知道还能拿它们来干什么。

药剂师家的厕所是那么狭小昏暗,你拉屎的时候不得不开着门,而且你伸出胳膊去擦屁股都很难。

这家人的餐厅就近在咫尺。

你能听到粪便掉到桶里的声音,和一块肉被放到盘子里的声音混在一起。一会儿是打嗝声,一会儿是放屁声,诸如此类——真迷人。

还有那只永恒的鹦鹉!此刻它正唱着:"我有上好的烟草,是的我有!"

07

歌

一件事发生了,在一栋房子里,然后另一件事发生了,但没有人在意。在楼上的走廊里,一个男人用轻柔、愉快的声音唱起了歌,漫无目的地,持续地。我们几乎都没有注意。然后,突然地,从楼梯口传来了另一个男人粗野的叫声:"谁唱?!"歌唱声停止了。

梦

08

两个前学生

———————

一个前学生让另一个前学生走开，走到外面去，走到雪地里，在夜里。

走开，他对另一个人说。要是她看见我们俩了，她会把我们都看成前学生，忘记了我是我而你是你。

他是那个年长一些的前学生。他在战场上打过仗。他没有重新入伍因为他想拿他的人生来做点别的。他的一只耳朵聋了。

另一个前学生还年轻，但他去过欧洲。

当她看着他们在窗外的街灯下走来走去时，在她心目中，他们确实，是两个前学生，甚于当他们独自一人，完全是他自己的时候，不过，不可避免地，也还是一个前学生。

梦

09

关于一小盒巧克力
的一个小故事

———————

一个热心的男人给了她一个小礼物,在她那年秋天去维也纳旅行的时候,它是一盒巧克力。盒子小到可以落在她的手掌心里,然而,就好像因为某种奇迹,它内含32颗极小的、完美的巧克力,每一颗都不一样,共分两层,每层16颗。

她把它从维也纳带回了家,一颗都没有吃,因为她总是会把旅行中得到的食物带回家。她想要把它展示给她丈夫,并准备与他分享。但在她打开盒子、他们两人都欣赏过了那些巧克力之后,她没给他吃就又把盒子盖上了,并且把它收在了她的私人工作区域。她把它放在那里,并会时不时看一看。

她想过下一次上课时将它和她的学生分享,但是她没有带。

她没有打开盒子,她的丈夫也没有问起这些巧克力。她不敢相信他竟然把它们忘了,因为她自己会经常想起它们,经常把盒子拿出来看。几周之后她不得不相信他已经把它们忘了。

她想过要每天吃一颗巧克力,但她不想在没有特殊时机的情况下开始吃这些巧克力。

她想将它们和 31 位朋友分享,但是她无法决定要从什么时候开始这个计划。

最后,在学期即将结束、她就要上最后一天晚上的课时,她决定把巧克力带去分享。她担心因为她等得太久了,因为在那个好心的维也纳男人给了她那盒巧克力后已经过去了四周,她担心它们可能已经变味了,但她在盒子上绑了橡皮筋,还是把它带过去了。

她对她的学生们说,她很吃惊这么小的一盒巧克力可以和 31 位朋友分享。她以为他们会笑,但是他们并没有。也许他们不确定笑是不是礼貌,又或许他们不觉得她说的东西是好笑的。她并不总是能预测他们的反应。她本人觉得它很好笑,或者至少是有趣的。

她把盒盖打开,把盒子递给了最近的那个学生。她请他们都来欣赏这些巧克力。

"我们也可以吃一颗吗?"拿盒子的学生问,"还是说我们就是看看它们?"他也许在开玩笑,但也许她没有说清楚她是要和他们分享这些巧克力。

"你们当然可以吃。"她说。

"我可以看看盒盖吗?"另一个学生问。

盒盖几乎和那些巧克力一样漂亮。它是绿色的,上面细细地画着小小的中世纪人物与建筑，颜色是橙、黄、黑、白，以及金色。在细小的白底色条上用黑色的德国哥特字体写着看上去像谚语的文字——简短的押韵的话。她每句中只能看懂几个词。有一条是建议像日晷一样行事。

饥饿的学生每人拿了一颗极小的巧克力——但也许，因为她没在认真看着他们，有些人没拿而有些人拿了不止一颗。她是准备将这些巧克力分享给31个朋友的，但现在她有些可怜这些疲惫而饥饿的学生，她又带着盒子在教室里转了一圈。其中一个学生，一个来自加拿大的年轻男孩，负责将盒子里那些小小的纸托收集起来，将它们扔进了教室门边的垃圾箱。

课后，她又用橡皮筋绑住了盒子，把它带回了家。

她自己连一颗巧克力都还没有吃，她有点担心她等得太久了。巧克力能在盒子里放多久呢？她之前担心学生们会觉得这些巧克力变味了。但只有一个学生是巧克力专家，她确定。出于礼貌，这个学生什么也不会说，又或许都没有吃，考虑到她去维也纳是那么久之前的事了。

之后，两天以后，她在包里和公文包里都找不到盒子了，她怀疑她是不是把它弄丢了。她一度甚至在想是不是哪个学生把它偷走了。

然后她更仔细地找了找，将它找到了。她打开盒子数了数：里面还有32颗中的7颗——25颗被吃了。但班上只有11个学生。

她又把它放在了她的工作区域，在那条她非常喜欢的老墨西哥长椅上面。

她在想独自一人吃巧克力是不是对的，如果是对的话，独自吃巧克力时你是不是需要处在某种情绪或思想状态下。出于愤怒，或不满，或贪馋去吃巧克力似乎是不对的，你只能是为了追求愉悦，或是在幸福与庆祝的时候才能去吃它。但如果你确实是因为贪馋独自吃了巧克力，那么如果巧克力很小的话你犯的错是不是就要小一些？

她知道她不想分享剩下的这些巧克力了。

等她终于一个人吃了一颗巧克力时，她发现它很好吃，它既醇又苦，甜蜜而独特。它的味道在她嘴里停留了一分钟又一分钟，所以她想再吃一颗，重新开始这种愉悦。她是计划每天吃一颗，直到把它们吃完为止的。但现在她马上又吃了一颗。她想吃第三颗，但她没有。第二天，她吃了两颗，只是为了追求愉悦，不去管她认为什么是对的。再下一天，她又因为一种模糊的、无法定义的饥饿感吃了一颗，这不一定是对食物的饥饿。

她觉得这些巧克力是那么好吃，她相信不管怎么说，她并没有等待太久。除非说她没有资格做判断，而在一颗马上就被吃掉的巧克力和一颗被放了四周的巧克力之间存在差别，这种差别是她无法察觉但对专家来说却是可分辨的，比如说那个被她认为是专家的学生。

然后她问了她的学生，那位巧克力的专家，在城里什么地方她能够买到最好的巧克力。她的学生给了她一家最好的巧克力店的店名，她去了那家店，希望能找到那位热心的维也纳男人给她的那种极小的巧克力。但这家店只有大一些的巧克力，更常见大小的巧克力，它们也很好，但不是她想要的。

她决定说她不喜欢吃大巧克力了。现在，头一次，她吃到了最小的那种巧克力，那是她更喜欢的。

几个月前，在康涅狄格有人给了她一颗巧克力，是在一个她认识了多年的严厉的比利时女人家里。在她看来它是一颗很好的巧克力，但她觉得它有点太大了，不管怎么说，它无法很快被吃完。她细细地咬了很多口，也很享受这种吃法，但当她被力劝时她并不想再吃一颗。在场的其他人都觉得这很怪，那个比利时女人嘲笑了她。

10

飞机上坐在我身边的女人

———————

在飞行中坐在我身边的女人有许多快速且简易的填字游戏可以做,出自一本叫作《快速简易填字游戏》的书。我只有做得很慢且很困难的填字游戏,或是根本做不出来的填字游戏。她完成一个游戏后翻动纸页,在我们在空中高速飞行的时候。我盯着一页纸,一个都没有完成。

11

写作

　　生活变得太严肃了，以致我很难继续写作。生活过去是更容易的，而且经常是愉快的，于是写作也是令人愉快的，尽管它似乎也是严肃的。现在生活不太容易，它变得非常严肃，比较之下，写作似乎变得有点傻气。写作通常不是关于真实的事物的，然后，当它是关于真实的事物的时候，它经常同时会霸占一些真实的事物的位置。写作太经常是关于无法应付生活的人的。现在我已经变成了这些人当中的一个。我应该做的，不是去写那些无法应付的人，而是放弃写作，学会应付生活。而且要对生活本身给予更多关注。能让我变聪明的唯一办法就是不再写作。我应该做的是其他事情。

12

剧院中错误的"谢谢你"

在大厅的后面,就在剧院快要坐满的时候,我从我的座位上站起来,好让我这一排的一个女人能经过我走到她的座位上。

"谢谢。"她说。

"嗯——!"我回答她。

但我理解错了。她不是在感谢我,她是在感谢那个引座员,那人站在我背后几步远的地方。

"不是,我是跟她说。"她说,她没有看我。

她就是想把这一点说清楚。

13

公 鸡

今天我去慰问了萨夫万,他是"农场和乡村"熟食店的主人。上个星期他的公鸡在路上被轧死了。我一开始去的是熟食店对面的那户人家,他们养了很多母鸡以及三只公鸡——但死掉的不是他们的鸡。我和萨夫万聊了一会儿。他说他不会再养公鸡了——路上太危险了。萨夫万说,他的公鸡经常会跑到公路上去啄食,而不是待在后院里,因为邻居家后院里的狗让它害怕。

在结束慰问之后,我从路上捡了公鸡两根油绿的羽毛作为纪念,然后回了家。我给我的朋友瑞秋发了一条信息,对她说对于萨夫万公鸡的死我感到悲伤,因为它整天有规律的叫声让我开心。每次听到它的叫声,我都会觉得我其实是住在乡下——至少比我上一次住的地方更偏远一些。

瑞秋的脑子里总是有许多诗行,她回复了我伊丽莎白·毕肖普一首诗中的几行:"哦,为什么一只母鸡 / 要在西四街上 / 被轧死呢……?"我喜欢这几行诗,尽管我很难想象西四街上会有一只活着的母鸡，更不要说一只被轧死的母鸡了。我后来找到了伊丽莎白·毕肖普另外一行关于母鸡的诗，在一首关于一名隐士和铁轨的诗里："圈养的母鸡咯咯叫着。"对我来说，"咯咯"更像火车而不是母鸡发出的声音。

后来我碰到目击了这场意外的两个邻居。他们说他们正开着小货车往南开向熟食店的方向，这时看到了就在他们面前马路上的公鸡。与此同时，有一辆大货车正从相反的方向开来，朝北开向熟食店的方向。公鸡匆匆忙忙地想要从小货车前面逃走，但匆忙中正好跑到了大货车的面前。邻居们是笑着讲述这个故事的。我猜他们是被那剧烈的撞击，被那只鸟炸裂在卡车前的空气中、羽毛飞扬的场景逗乐了。

几天后我突然意识到那只公鸡会跑到马路对面可能还有一个原因。它是萨夫万养的唯一的一只鸡。它过马路可能是为了去邻居家的鸡圈，那里有一群公鸡和母鸡。它可能对它们有兴趣，喜欢隔着围栏看着它们，甚至可能尝试对其他公鸡发起挑战。我是在看一本关于饲养家禽的书时意识到这一点的，书中说：母鸡和公鸡是群居性动物，喜欢和一群鸡在一起。在你准备购买小鸡的时候，一定要至少买五只。

14

和我的小朋友坐在一起

―――――

和我的小朋友一起坐在阳光下的前门台阶上：
我在读一本布朗肖的书
她在舔她的腿。

15

老兵

来自福楼拜的故事

那天我看到了一个让我深受感动的东西,虽然它和我毫无关系。我们在离这儿三英里远的地方,在拉塞城堡(它是为杜巴丽夫人在六周之内建成的,她是想来这个地方泡海水浴)。古堡什么都不剩了,除了一段楼梯,大大的路易十五式楼梯,几扇没有窗板的窗户,一面墙,还有风……那风!它是建在一处能看到海的高地上的。它的旁边有一间农舍。我们进去为利林拿了一点牛奶,他渴了。小花园里有一些高及屋檐的蜀葵,几排豆子,还有一口装满了脏水的大锅。一头猪在旁边哼叫着,更远处,在围栏外面,没被关起来的矮种马在吃着草,叫唤着,它们厚厚的鬃毛随着海风飘动。

农舍里,一面墙上挂着一幅国王的画像和一幅巴登格[1]的画

---

[1] 拿破仑在英格兰流亡期间假扮成泥瓦匠时用过的名字。

像！我好像正要开个玩笑，这时我看到坐在壁炉旁角落里的一个瘦老头，他已经半瘫了，胡子留了两个礼拜了。在墙上，在他的扶手椅上面，挂着两枚金质肩章！可怜的老头虚弱得都握不住勺子了。没有人在意他。他坐在那里，出着神，哼哼着，吃着一盘豆子。太阳透过窗户照到水桶的金属圈上，让他眯起了眼睛。猫正从地上的一个盆里喝牛奶。就是这样。远处隐约传来了海浪的声音。

我想到，在这老年的永恒的半睡状态中（它处于另一种睡眠之前，是从生命到乌有的某种过渡），这老人无疑又看到了俄国的雪或埃及的沙。在那双浑浊的眼睛前面飘浮着的是怎样的画面呢？他穿的又是怎样的衣服啊！多漂亮的夹克——打着补丁却那么干净！那个招待我们的女人（我猜是他的女儿）是一个穿着短裙、爱说闲话的50岁的女人，腿像路易十五宫殿里的栏柱一样粗，头上戴着一顶棉帽。穿着蓝袜子和粗布裙子的她进进出出，而伟大的巴登格就在这一切中间，他骑着一匹黄色的马，手里拿着三角帽，在跟一大群受伤的士兵打招呼，他们的木腿排得很齐。

我上一次去拉塞城堡是和阿尔弗雷德一起的。我还记得我们的谈话、我们吟诵的诗歌、我们做过的那些计划……

16

两个斯莱戈小伙子

两个斯莱戈小伙子走路去那个隐现在前方地平线边的巨大工厂上班。突然,他们被卷到了一个游乐场设施上,车子以椭圆形轨道转着,升得那么高以至于他们成了天空中的两个小点。在他们一圈又一圈地转着的时候,他们对我喊着"哈喽,哈喽",一遍又一遍,间隔的时间有长有短。然后游乐设施消失了,但他们还在那里,转动着。他们现在可能已经成了海鸥。

梦

17

穿红衣服的女人

站在我附近的是一个穿着暗红色裙子的高个子女人。她的脸上有一种迷糊的、相当空洞的表情。她可能被下了药，又或者这不过是她惯常的表情。我对她有点害怕。我前面有一条红蛇站起来威胁我，同时变换了一两次外形，比如长出了像鱿鱼一样的触须。为了保护我不受蛇的惊吓，那个穿红裙子的女人将三顶红色的宽檐帽放在了一小摊水上。

梦

18

如果在婚礼上(在动物园)

如果我们没有在去婚礼的路上停下来看黑猪的猪栏,我们就不会看到那头巨大的猪冲向小猪,把它从猪食槽前面赶开。

如果我们没有早到,没有坐在亭子里晒太阳等待仪式开始,我们就不会看到那匹脱缰的矮种马拖着它的缰绳跑过。

如果我们没有听见坐在亭子中长椅上寒冷阳光里邻居的低语,我们就不会抬头看到穿翠绿色礼服的新娘牵着她母亲的手从远处大快步走来。

如果我们没有伸长脖子去看前面主持婚礼的人,我们就不会看到新娘是怎样走过来的,她低着头,她的母亲低着头,她的母亲神情严肃地和她说着什么,两个人都一直没有抬头,就好像没有其他人在场一样,走向亭子、客人、就位的相机、仪式本身和她未来的丈夫，他正站在那里等着她。

如果我们没有将目光从站在主持婚礼的佛教徒和其他唱印度及别的歌曲的亲友面前的新人身上挪开，我们就不会看到那几个哈西德教徒和几家子亚洲人在从玉米地往返迷宫的路上经过亭子时好奇地看着我们。

如果我们没有穿过招待会的屋子，经过一男一女那两个手风琴师，去看后窗外寒冷的10月傍晚阳光下就着东欧音乐拍照的婚礼成员，我们就不会看到两个野鸡家庭沿着小山式的南瓜田跑向它们栖息的树林。

如果我们没有穿过招待会的屋子和陌生人一起站在后窗边，我们就不会看到婚礼成员面朝夕阳拍照，在寒冷中握着彼此的手，笑着，在拍不同镜头变换位置和姿势时跺着脚，我们身后是手风琴的音乐声，这样我们所见的景象突然之间就好像是一场欢乐的意大利电影的结尾。

如果我们没有在招待会晚些时候又回去并往后窗外看，在房间对角的婚礼讲话结束之后，在我们坐在认识的人旁边及陌生人对面吃完晚饭之后，我们就不会看到那头棕色的母牛抬起鼻子甩着头，站在树下，一边反刍着食物一边望向天空。

如果我们没有在天黑后再回到灯光、音乐和舞蹈前短暂地离开招待大厅，我们就不会看到树丛中那些黑色的圆形形象，它们是栖息的鸡。

19

金地里的掘金者

———

这个地方叫作金地，它是一座鬼城——一些用木板封起来的酒馆，人口数是100。水井被下了砒霜，现在还是。我们是后来才发现这件事的。吉姆的继母得了癌症，也许是因为井里的那些砒霜。为了支付她的治疗费用，吉姆的父亲在一点点卖掉他收藏的钱币。她的病情恶化了，他送她坐飞机回到了医院，但为时已晚。她死了。

两个星期之后，他们给吉姆发了一条关于他父亲的消息——病情紧急，请速来。我们一连开了三十六个小时。但等我们到的时候，他也已经死了。

我们当时不知道那个东西——同情性票价，好像是这么叫的。有人告诉我们的时候，我们已经开车穿过了五个州。吉姆说，我们已经开了这么远了——我们要继续开。

二十四小时之后吉姆累了，他让我开。但他无法在车里睡觉，所以三小时后他又接过了方向盘。艾丽斯一直给我们发短信让我们回家。我告诉她她应该做作业并停止担心。她根本不知道我们已经走了多远。

你们在哪儿啊？她不停地问。她以为我们在新泽西。哪儿？内华达？她不停地问。

去看一下地图。我说。

我们到的时候不知道我们会遭遇什么。

吉姆的一个姐妹莉莎，那个被我叫作掘金者的，已经四处在找剩下的那些钱币了，她想要更多钱因为她在照顾他。她说她没有钱给他下葬。她说他们不得不把准备用来交税的钱拿出来把他火化了。

当我们到的时候，我们在房子各处不停地找到更多的钱币。一堆一堆的钱币。而莉莎，那个掘金者，没有找到。她不知道应该在哪儿找。不过她拿走了所有的枪，在我们到达之前。

吉姆的另一个姐妹，那个遗嘱执行人，（从新泽西）让我们把他的所有文件整理好。吉姆没办法去做，他不想做。他会走到他父亲的房间，只是在里面坐着。这就是他能做的一切了。我去整理了。我了解他，但我和他并没有那么亲密。我看了所有的文件，将它们分了类，按年份将它们归了档。

我对莉莎说，你应该去看心理医生——你和他那么亲近，而你想要的就是他收藏的钱币？为什么你不在他死之前拿？

她觉得她应该得到更多，因为她照顾了他。但遗嘱里不是这么写的。

我们又一连开了三十六个小时回去。在回家的路上撞到那头鹿是压倒吉姆的最后一根稻草。为此他说了一些脏话。

另外那个姐妹，那个遗嘱执行人，想让我们去新泽西。吉姆一直说不，我们想回家。她一直在要求我们去。最后他说我们会去。我们是在宾夕法尼亚开上去新泽西的岔路时撞上了那头鹿。那是一辆租来的车，所以我们得在那里等警察来帮我们写报告。一盏头灯被撞坏了。维修费需要 1000 美元。保险公司没有付这笔钱因为有 1000 美元的自付额。

吉姆想要的只是一件像皮带扣这样的东西用来纪念他。一个银制的皮带扣。我对他的掘金者姐妹说，你应该去看心理医生。

吉姆父亲的家里有一台饮水冷却器。我一直不明白他为什么会有饮水冷却器。现在我明白了。

20

那台旧吸尘器
一直在她手里坏掉

那台旧吸尘器一直在她手里坏掉

一次又一次

直到最后这个做清洁的女人

大叫着吓住了它:

"操蛋东西!"

21

福楼拜与视角

在猎犬祝福会[1]上,在猎狐季的首日,一个星期六(大型马被打理得很漂亮,男人和女人穿着红色的打猎服或坐在它们身上或牵着马笼头,一个小女孩对马没有对她马路对面的朋友感兴趣,她和她一样矮,差不多能从高一点的马肚子底下走过去了,间或安静时能听到乡间小店下面的溪流旁有鸭或鹅在叫,时不时有车子驶进这个拥挤的乡间广场用尽全力试图转弯,一个牵着两只巴哥犬的年老的女人说她是带它们来看猎犬祝福日的,看客们握着的咖啡杯在清晨的冷空气中冒着热气,一群猎犬在路上转来转去,被赶犬人用她的长鞭牢牢地控制着,"猎犬之主"的演讲和他在演讲停顿时的低头,沉默中能听到鸭或鹅的叫声),终于,我想起了福楼拜关于单一视角的教导,不是因为那个只关心她朋友——另一个女孩——的小女孩,或是因为那只在小溪边为了不

---

[1] 一项感恩节传统,在感恩节当天的猎狐活动开始之前,协助猎狐的猎犬会聚集在一处,接受牧师的祝福。

知什么东西叫的鸭或鹅，而是因为那两只巴哥犬，它们扯着拴绳要去往地上的某个地方，不理会那些马、那些骑手、"猎犬之主"的演讲、那些猎犬，或是那只鸭或鹅的叫声，而是专注于从附近一匹神气的马嘴里滴到黑色水泥地面上的一摊摊黄白色的口水，对它们来说马的口水是那么奇怪和芬芳。

22

家庭购物

那个丰满的、漂亮的妹妹跑出了商店。那个瘦弱的姐姐在追她。漂亮的妹妹拎着一袋奶酪卷。她把瘦姐姐丢在商店付钱。

"把那个给我!"姐姐说,"我要拧断你的脖子!"

23

本地讣闻

海伦喜爱长长的散步、园艺和她的孙儿们。

理查德成立了自己的公司。

安娜晚年时在家里的农场上帮忙。

罗伯特喜欢待在家里。

阿尔弗雷德喜欢他最好的朋友,也就是他的两只猫。

亨利喜欢做木工。

艾德热爱生活,将它过得很丰富。

约翰喜欢钓鱼和做木工活。

嘟嘟喜欢各种各样的猜谜游戏，喜欢给她丈夫做的东西上漆，以及在电脑上和家人朋友保持联系。

塔米喜欢读书和打保龄球。她在烤肉娱乐球馆的混合队打球。

玛格丽特喜欢看纳斯卡赛车比赛、玩填字游戏和陪伴她的孙儿。

伊娃是一个狂热的园丁、观鸟爱好者，也喜欢读书和写诗。她很喜欢招待客人。

玛德琳去过很多地方旅行。她喜欢画画、做陶器、打桥牌、打高尔夫和玩纸牌、填字游戏、园艺、收集钱币和邮票，以及插花。她爱和朋友在营地和主街上的家里聊天。

阿尔伯特喜欢动物。

琴，一位特殊教育助理，喜欢钩针和毛线编织。

哈罗德喜欢打猎、钓鱼、露营，以及陪伴家人。

夏洛特热爱缝被子，也喜欢在她塔波顿的农场里摘蓝莓。

阿尔文是一位娴熟的工匠和园丁。他也很爱运动，喜欢钓鳟鱼、冰上钓鱼、猎松鸡和鹿。他是披肩榛鸡协会的成员。

理查德最大的爱好是钓鱼和划船，他是胡克划船俱乐部的三十年成员。

斯文，一位80岁的建筑工人，他是共济会、北欧合唱队和美国瑞典歌手协会的成员。他喜欢旅行、打猎、打高尔夫和举办派对。他常常会被看到在他的工房里制作什么东西。

斯潘赛将他余下的岁月都倾注在给牛挤奶和犁地上。他一直都很喜欢炎热的夏日里刚割过的干草的味道。他热爱动物，看上去像是那种可以住在谷仓里的人。他常常会说起从前邻居们都是农民的日子，说起他们会怎样经常过来帮忙。和他一起干活的子侄都很难跟上他的节奏，虽然他们要比他小二三十岁。他的生活很充实，就算卖掉了农场之后还继续在那里开拖拉机。

他还喜欢在秋天去看橄榄球，总是说乔·蒙塔纳是史上最好的四分卫。

晚年时,他喜欢定期和他的弟弟哈罗德一起去斯图亚特商店,在那里看人。他十分健谈,和任何熟人甚至是陌生人都能发起一小时的长谈。

海伦娜,70岁,喜欢长时间的散步。

布朗夫人当了三十二年的注册护士。她一直都很喜欢护士这一职业。

罗克珊娜是一个狂热的高尔夫和保龄球爱好者,还喜欢用钩针编织东西,画油画和水彩画。

有十年的时间,弗雷德里克是半月酒吧的所有者,也是麋鹿小屋[1]的成员,在那里他当了一年的荣誉长老。

本杰明,91岁,是一位二战老兵和石匠。

杰茜,93岁,年轻时在地区工厂里工作。她喜欢园艺和打保龄球。

---

1 1868年创立于纽约的一家男性社交俱乐部。

埃莉诺在花花公子洗衣房工作了二十七年，也在给当地的家庭做家政服务。

迪克照顾他的房子、庭院和汽车时都会一丝不苟。

在她职业生涯的早期，伊丽莎白——人们叫她"贝蒂"——业余时间会去陪伴退伍老兵：陪他们跳舞、打乒乓球、聊天。她在教堂唱诗班里唱诗，也曾经短暂地当过教堂司库。

劳拉喜欢玩牌，玩填字游戏和旅游。

杰弗里喜欢打高尔夫球和在自家农场上干活。

斯特拉出了名地喜欢猫。

玛丽昂，100岁，一生都是家庭主妇。她喜欢在老年中心玩牌，喜欢频繁地去科罗拉多旅行。她总是会去看人们身上好的一面。

内莉，79岁，曾在从前的"白雪公主洗衣房"工作。她喜欢玩宾果游戏、拼图游戏，以及陪伴家人。在她之前有一个兄弟、八个姐妹和一个她帮忙养大的男孩都去世了。

约翰，73岁，在格拉夫顿开车时突然被闪电电死了。他是一个狂热的猎手，也喜欢干农活。

克莱德，90岁，二战时在海军服役，职业是切肉工。他是美国退伍军人大会、斯蒂芬顿消防公司、塔玛拉克旋转者舞蹈俱乐部、方阵舞俱乐部和奥尔巴尼摄影俱乐部的成员。

带着无奈，玛丽·艾伦离开了她的儿子詹姆斯、妹妹特丽莎、伴侣里奇和弟弟哈罗德。所有认识她的人都知道她对跳跳虎的爱。

埃尔娃，81岁，照看过北彼得斯堡只有两间屋子的学校。

伊夫林，87岁，在米南兹的蒙哥马利·沃德百货工作过，也在克鲁克德湖酒店当过女侍者。她喜欢萨拉托加的马，热爱唱歌跳舞。早年时她经常和比利·纳索一起在"小提琴里的猫"餐厅里表演。

琳达·安身后留下了她的猫西伯尔，她的狗索克斯。她会因为她的藏书，特别是她最爱的作家诺拉·罗伯茨的那些书，以及她绣给家人朋友的枕套被记住。她也会因为她丰富的小象雕塑收藏被记住。

伯尼，86岁，是德比俱乐部、胡西克瀑布消防队、胡西克救援队、基瓦尼俱乐部、海外战争老兵组织、哥伦布骑士组织、垂钓游戏先锋俱乐部、喊叫猎人俱乐部的成员。他的兴趣是钓鱼、打猎、园艺和养蜂。

罗伯特，83岁，死在他的太太安之后，人们叫她"南茜"。他在美国海军当过三级小军官，还得过胜利奖章。

阿尔文，88岁，喜欢钓鱼、画画、园艺、做饭和看扬基队打球。

保罗，78岁，在镇高速公路系统工作过，是著名的凯泽垒球队的成员，喜欢和他的妹妹宝贝儿一起打保龄球和跳吉特巴舞。

弗吉尼亚，99岁，是一位祖母和教友。

罗伯特，81岁，当过大联盟舞团的夜间经理。

伊莎贝尔，95岁，是一位母亲和祖母。

唐纳德是所有人的榜样。

杰罗尔德，72岁，是一位厨师和指导员，当过许多年的搬家工人。他喜欢参加活动，在乡间小路上散步，"和佛蒙特有关的一切"，以及扮圣诞老人。

弗朗西斯，79岁，是越战老兵和土壤专家，他是从钻井监督的职位上退休的。他是一位运动迷和知识问答游戏迷。他是美国退伍军人大会、肯德胡克麋鹿小屋、海外战争老兵组织、锡罐海员—驱逐舰老兵全国联盟、五镇男士俱乐部、圣人社交俱乐部和 the ROMEOS[1] 的成员。他的机敏、亲切的笑容和那传奇的八字胡将会被人们深深地怀念。

玛格丽特，88岁，教友和扬基队球迷，曾经很爱和她故去的丈夫一起在全国各地看发动机和拖拉机展览。

贝蒂，81岁，是一位秘书，喜欢和她的孙儿们待在一起。

威廉，81岁，对历史和家谱很感兴趣。

---

1 ROMEOS 是 "Retired Older Men Eating Out" 的缩写，即"退休老人外出就餐俱乐部"。

戈登，68岁，是一位活跃的猎人，周一时在消防员之家平静地去世了。

罗纳德，72岁，曾是一名消防队队长，也是退休的卡车司机，他非常喜欢猎鸭。

艾伦，87岁，在美国铁路客运公司的车站小吃吧当过志愿者。

约瑟夫，76岁，在8月26日凉爽的清晨在睡梦中平静地去世了。他是当地有名的水管修理大师，去世前一直是波兰运动员联盟的活跃成员。他很爱他的妻子和家人。他很爱他的三十五匹赛马，但最爱的是那匹叫作"聪明猫"的，它在今年年初死去了。

艾达，95岁，总是以朋友和家人为先。

约翰，74岁，是一位退伍老兵，在高速公路管理局工作过。

鲁思，85岁，是一位狂热的动物爱好者和野生动物观赏者。

安妮，62岁，喜爱猫科动物，特别是她的朋友黛西、瑞格儿、格雷斯、露西、西莉斯特和烟灰儿。

厄内斯特，85岁，二战时在商船上工作，常常会在敌方的水域上航行。他后来当过电焊工和修理工，退休后喜欢做木工。

艾德温，94岁，身后有一个女儿。

戴安，60岁，是美容学院的毕业生，当过家具装饰工。

詹姆斯，87岁，是特洛伊恩瓦花房多年的模范剪花工。他喜欢园艺、做罐头、酿酒，还喜欢用瓦罐装青西红柿做酸菜。

多洛丽斯，83岁，是一位裁缝，很有幽默感。早年她在基丁兄弟皮包工厂工作过。

24

给美国传记协会会长的一封信

亲爱的会长：

我很高兴收到你们的信，在信中你们告诉我我被编辑委员会提名为 2006 年度女性。但同时我又很迷惑。你说这个奖是颁给为同伴们树立了"崇高"榜样的女性的，你们的愿望，用你的话来说，是"提升"她们的成就。你然后说在研究我的资格时，你得到了由来自七十五个国家一万名"富有影响力"的人士组成的顾问委员会的协助。然而即便做了这么详尽的研究，你还是犯了一个基本的事实性错误，你不是将信写给了莉迪亚·戴维斯，也就是我的名字，而是莉迪亚·当吉。

当然了，也有可能你们并没有弄错我的名字，而是你们就是想把这个奖颁给一个叫莉迪亚·当吉的人。但不管是哪种错误都说明你们不太认真。我应该据此认为这个奖依据的研究做得不是很认真吗，尽管有一万人参与？这表明我不应该把这个奖看得太重。还有，你们请我索要一份这个提名的实物证明，是一张被你们称作"文书"的东西，由美国传记协会国际研究委员会颁发，尺寸是 11 英寸 × 14 英寸，限量制作并有签名。一份普通版的文书你们要我支付 195 美元，一份压膜版的需要我花费 295 美元。

再一次地，我很迷惑。我之前也得过奖，但没有人要我为它们付一分钱。你们写错了我的名字并要我为这个奖付钱这一点说明你们并不是真心想奖励我，而是想让我相信我得了奖，所以我会寄给你们 195 或是 295 美元。现在我就更加迷惑了。

我认为这个世界上任何做出了真正成就的女人——她们"迄今为止"所取得的成就，就像你说的，是出众的，配得上你们口中的顶级荣誉的——都会有足够的智慧不被你们这封信所欺骗。但是你们的名单一定是由一些做出了一定成就的女人所组成的，因为一个没有任何成就的女人一定不会相信她的成就配得上一个"年度女人"的奖项。

那么，这是否说明，你们的研究选出的是一个这样的女性名单，她们做出了足够多的成就，以至于可能会相信她们确实配得上一个"年度女人"奖，但又不足够聪明或老成，看不出这只是一桩生意而不是一个真正的奖？又或者说这些女人做出了一些让她们以为自己应该获奖的成就，并且内心深处也知道你们这么做只是为了牟利，然而，她们同时却愿意支付 195 或是 295 美元以获得一份普通或是压膜的文书，也许是因为她们不愿向自己承认它其实什么都不是？

如果你们的研究将我认定为这两组女人中的一员——要么是很容易被像你们这样的组织的来信欺骗，要么是很愿意自我欺骗，这一种我认为是更糟糕的——那么我感到抱歉，我必须去想一想这说明了我的什么。但另一方面，因为我的确不认为我属于任何一组，也许这只是说明了你们的研究不够好，你们错误地将我纳入了你们的列表，不管是作为莉迪亚·戴维斯还是莉迪亚·当吉。我期待听到你们对此的想法。

谨上

25

南希·布朗会来城里

―――――

南希·布朗会来城里。她会来卖她的东西。南希·布朗要搬到很远的地方去。她想把她的大号床垫卖掉。

我们想要她的大号床垫吗?我们想要她的搁脚软椅吗?我们想要她的浴室用品吗?

是和南希·布朗说再见的时候了。

我们享受过她的友谊。我们喜欢过她的网球课。

26

博士学位

这么多年来我都以为我有一个博士学位。

但我没有博士学位。

致 谢

这个集子中的一些故事曾发表于以下出版物,有时版本略有出入:

《32首诗》(*32 Poems*):《男人》

《酒窖》(*Bodega*):《关于一个牌子的想法》

《爆炸》(*Bomb*):《一个女人,30岁》

《剑桥文学评论》(*Cambridge Literary Review*):《改稿:1》《改稿:2》

《连词》(*Conjunctions*):《可翻转的故事》

《记录(13)笔记本系列》[dOCUMENTA(13) Notebooks series]:《两个前学生》

《通电文学》(*Electric Literature*):《母牛》

《栅栏》(*Fence*):《在银行》《在银行:2》《教堂庭院》《金地里的掘金者》《在火车站》《月亮》

《五只日晷》[Five Dials (U.K.)]：《和母亲长时间通电话时的笔记》《在火车上》《关于被窃萨拉米的故事》《一个朋友告诉我的故事》《南希·布朗会来城里》

《五点》(Five Points)：《来自送报童的一张纸条》《她的生日》

《格里·马利根》(Gerry Mulligan)：《行李寄存》

《姿态爱好者杂志》(gesture zine)：《吸尘器问题》《那台旧吸尘器一直在她手里坏掉》

《格兰塔》(Granta)：《可怕的女佣们》

《丑角》(Harlequin)：《剧院中错误的"谢谢你"》

《哈泼斯》(Harper's)：《我怎么用最快的速度读完我的TLS过刊》《两个戴维斯和一张地毯》

《霍多斯》(Hodos)：《老女人,陈鱼》

《小星星》(Little Star)：《亨德尔》《做家务时的观察》《判断力》《和我的小朋友坐在一起》《洛杉矶上方的天空》

《密西西比评论》(Mississippi Review)：《关于一小盒巧克力的一个小故事》《她的地理学：亚拉巴马》《她的地理知识：伊利诺伊》《我很舒服,但是我可以更舒服一点》《洗衣妇》

《现代语言研究》(MLS)：《偶然性(vs必然性)2：度假时》《你好亲爱的》《我向玛丽问起她的朋友,那个抑郁之人,以及他的假期》《给美国传记协会会长的一封信》《莫莉,母猫：历史/发现》

《新美国写作》(New American Writing)：《老兵》《在药剂师

家里小住》《福楼拜与视角》

《正午》（NOON）:《布鲁明顿》《玉米糊》《晚餐》《狗毛》《我怎么知道我喜欢什么（六个版本）》《电话公司的语言》《学习中世纪历史》《大师》《我的脚步》《不感兴趣》《派对》《博士学位》《歌》《他们可怜的狗》《写作》

《黑梨！》（Pear Noir!）:《坏小说》《等待起飞》《飞机上坐在我身边的女人》

《笔会美国》（PEN America）:《着陆》

《羽毛》（Plume）:《关于短"a"、长"a"和中性元音的小事件》《偶然性（vs必然性）》《我朋友的创造》《厄登·冯·霍瓦特出门散步》

《盐山》（Salt Hill）:《不断循环的故事》《二年级作业》《简短谈话（在机场的起飞休息室里）》

《萨托里》（Satori）:《潜意识的力量》

《划除部分》（Sous Rature）:《寻找丈夫的人》《低悬的太阳》《两个斯莱戈小伙子》

《故事季刊》（Story Quarterly）:《穿红衣服的女人》

《棺材工厂》（The Coffin Factory）:《负面情绪》《公鸡》

《爱荷华评论》（The Iowa Review）:《小孩》《狗》《祖母》

《文学评论》（The Literary Review）:《给冷冻豌豆厂商的信》《给酒店经理的一封信》《给薄荷糖公司的一封信》

《洛矶杉书评》(The Los Angeles Review):《句子和年轻人》

《纽约时报》(The New York Times):《海豹》(原题为《每个人都被邀请了》)

《巴黎评论》(The Paris Review):《厨子的一课》《你离开以后》《看牙医》《普歇的太太》《葬礼》《马车夫和蠕虫》《死刑》《椅子》《展览》《我的校友》《本地讣闻》《屋子里事物的语言》《如果在婚礼上(在动物园)》《一个数据性研究的发现》《我童年的朋友》

《三便士评论》(The Threepenny Review):《给基金会的信》

《世界》(The World):《我姐姐和英女王》

《蒂姆》(Tim):《一个段落中的两个人物》《两个殡仪员》

《锡皮屋》(Tin House):《独自吃鱼》《在画廊》《钢琴》《钢琴课》《大房子里的小学生》《在埃及游泳》

《收费精灵》(Tolling Elves):《家庭购物》

《上街》(Upstreet):《尴尬的状况》

《波浪构想》(Wave Composition):《工业》

《西部人文评论》(Western Humanities Review):《夜里醒着》《保镖》《不能与不会》《最后的莫希干人》

《如果在婚礼上(在动物园)》献给乔安娜·桑德海姆和尤金·林。

《关于一小盒巧克力的一个小故事》献给莱纳·戈茨。

《着陆》还曾发表于英国《每日电讯报》。

《海豹》的更长版本发表于《巴黎评论》。

《母牛》曾由萨拉班德出版社（2011）以小册子形式出版，并附有西奥·科特、斯蒂芬·戴维斯和莉迪亚·戴维斯的摄影作品。

《独自吃鱼》还曾收录于马德拉斯出版社（2013）的一本小册子"毛绒动物"系列中，该系列还包括哈里·马修的《法国中部的乡村烹饪》。

以下这些"梦"系列作品还曾发表于《普鲁斯特、布朗肖与穿红衣服的女人》（册5，希尔芙出版社，巴黎）：《教堂庭院》《狗》《祖母》《在画廊》《在火车站》《月亮》《钢琴》《钢琴课》《大房子里的小学生》《在埃及游泳》《穿红衣服的女人》。

以下故事还曾发表于《哈泼斯》杂志的《阅读》栏目：《玉米糊》《晚餐》《狗毛》《电话公司的语言》《歌》《派对》《不感兴趣》。

以下的"福楼拜"故事曾发表于《哈泼斯》杂志的《阅读》栏目：《普歇的太太》《椅子》《马车夫和蠕虫》《看牙医》《厨子的一课》。

以下故事于不同的选集中重版过：

《男人》收录于《美国最佳诗歌2008》（怀特编）及《旧火焰：〈32首诗〉杂志最初十年选集》。

《关于短"a"、长"a"和中性元音的小事件》和《厄登·冯·霍瓦特出门散步》收录于《羽毛文集》。

《我姐姐和英女王》收录于《格特鲁德·斯泰因选集》。

《独自吃鱼》收录于《食物与酒：〈锡皮屋〉杂志文学盛宴》。

关于"梦"系列小故事的说明：一些我标注为"梦"的故事是依据我本人做过的梦以及类似梦境的醒时经历写成的；还有一些是依据家人和朋友的梦、醒时经历及信件写成的。我想感谢以下这些人提供的梦及醒时的经历：

《在埃及游泳》来自约翰·阿里奇；《钢琴课》来自克里斯汀·伯尔；《在画廊》来自蕾切尔·卡鲁；《祖母》来自汤姆·克莱门特、南希·克莱门特和南希的祖母欧内斯廷；《钢琴》来自克劳迪娅·佛兰德斯；《在银行》和《在银行：2》来自瑞秋·哈达斯；《洛杉矶上方的天空》来自保拉·海森；《博士学位》来自伊迪·亚罗利姆（它最初是一个"梦"系列故事，但后来改短了）。余下的故事来自我本人。

关于"来自福楼拜的故事"及"福楼拜的抱怨"的说明：十三篇"来自福楼拜的故事"和一篇"福楼拜的抱怨"是从居斯塔夫·福楼拜的信件中获得的材料，其中大部分是写给他的朋友与情人路易斯·科莱的，写于他创作《包法利夫人》期间。这些文字收录于《信件集：卷二》（让·布吕诺编，伽利玛出版社1980年版），信件日期为1853—1854年；它们经由我裁减，从法语翻译出来，并稍作了改写。我的意图是尽量不改动福楼拜的语言及书写内容，而只是将这些片断稍加改动，使其成为一个具有平衡感的故事，但我在自认为必要时做了一些改动（比如，在一个故事中，我将两封信的材料组合在了一起，将两个有关联的故事写成了一个故事；在另一个故事中，我加入了一些事实信息，交代了一个人物的更多背景）。

译后记

不知不觉，这已经是我译的第三本莉迪亚·戴维斯了。从2010年最早读到她的小说，到现在译完一千多页她的文字，眨眼之间八年已过。八年里，我从二十多岁长到三字头，完成了恋爱、结婚、带着小猫越洋定居等"人生大事"，心态也从迷惘不定，渐趋沉稳平和。在某种意义上，翻译莉迪亚·戴维斯的小说见证了我的这段成长。

或许也可以反过来说，我本人也见证了作家戴维斯更长时间的成长。从最早的《几乎没有记忆》，到之后的《困扰种种》，到最新的《不能与不会》，这每一本小说集的出版间隔时间大约是二十年，大致分别是她青年、中年和晚年时期的作品结集。因为花了不少时间沉浸在这些作品里，又因为我是按照它们出版的顺序来翻译它们的，所以我能清晰地看到其中的一些转变。作为一个不惧在作品中袒露自身的极为坦诚与真切的作家，一位大学教师、翻译家和母亲，这些作品又成了一个作家、一个女人和一个职业女性生命与心灵运动的轨迹。

在早一些时期的作品中,"困扰"可能是一个关键词,甚至有一本书的名字就叫《困扰种种》。这些困扰与青春、爱情、自我、写作的挑战、初为人母的困惑有关,时常被以一种卡夫卡式的尖锐痛切的笔法写出来。那些有关情感受挫与自我诘问的白日梦般的文字也可以说是卡夫卡式的。和卡夫卡的文字一样,它们在刺痛的过程中提供疗愈,但不免还是带了一种灰暗的底色。

也许正是因为这种印象,我在读到《不能与不会》时突然感到戴维斯的世界一下子明亮了起来。她不再像从前那样不安与沉痛,而是变得有趣味和轻盈起来。《不能与不会》主题多样,其中有一部分标注为"梦",记叙的是戴维斯本人和她的家人、朋友向她讲述的梦境。这些梦境不再是卡夫卡式的没有出路的梦魇,似乎也不带有任何弗洛伊德式的动机,单纯只是一些有趣的、奇异的、飘浮的梦境,供作者和读者把玩。书中还有十余篇根据福楼拜给友人的信件改编的短故事,细心的读者当能发现,吸引戴维斯注意力的是福楼拜那种独一无二的幽默感。这种幽默感在戴维斯早期的作品中也时有体现,在后期作品中开始越来越突显出来。

不变的大约是为戴维斯赢得了布克国际奖的那种清晰的视野与思路,灵敏而锐利的感觉与表达。詹姆斯·伍德在《最接近生活的事物》中说,测试文学价值的一个极好的方法,是看一位作家写的句子或意象，能不能在你沿着街道行走时未经召唤就浮现在你的脑海里。戴维斯的作品就时常给我这样的感觉。比如在坐火车时，如果身边的座位有人，我就会想到"我很舒服，但是我可以更舒服一点"；比如在扫地的时候，我会不自觉地会心感叹，"在所有这些灰尘下，地板真是非常干净的"！这些年来，翻译莉迪亚·戴维斯不仅成了一种训练——训练我努力在中文中实现戴维斯的那种准确与灵敏——也成了一种交流与陪伴。在某种意义上，翻译只是一种更为缓慢和专注的阅读，我很荣幸能有机会专注地去读这样一位优秀的作家，再将她用生命织就的痛苦与欢乐转达给中文读者。

在译完戴维斯这本最新小说集之际，我想首先要感谢莉迪亚·戴维斯本人，感谢她一直细致耐心地解答我所有的问题。感谢出版人楚尘对我的信任与支持，以及对戴维斯作品一如既往的热情。感谢本书特约编辑赵志明的专业与细心。最后要感谢我的伴侣柯如辉先生，作为一个喜欢杜甫的美国人，他是我关于语言与文学问题最好的交流者与提问对象。当然，本书所有的错谬之处将由我承担责任。

吴永熹
2018 年 6 月于纽约布鲁克林